Chère lectrice,

C'est un Noël tout feu tout flammes, tendre et passionné à souhait, que vous a préparé Rouge Passion. Vous n'aurez que l'embarras du choix.

Et d'abord, trois histoires très Noël pour célébrer les fêtes ! *Mariés pour Noël !* (1103), son couple improbable et ses enfants malicieux vous feront venir aux yeux des larmes d'émotion. *L'inconnu de Noël* (1101), son miracle de l'amour et ses anges plein d'initiatives apporteront leur part de romantisme et d'espoir à ce mois de décembre. Les belles audacieuses, quant à elles, s'y retrouveront avec *Nuit de noces* (1099) ou comment passer Noël de manière bien peu conventionnelle !

Puis vous serez emportée dans un tourbillon de passion et de fantaisie. Avec *Un fiancé très indécis* (1102), vous saurez bientôt comment un mariage s'échange contre un héritage et met fin à une malédiction à laquelle personne ne veut croire (pas étonnant que le fiancé pressenti hésite...). Dans *Toutes les audaces* (1104), Lily vous confiera pourquoi elle se réjouit du retour de Robin Suart en ville et pourquoi elle est bien la seule à se réjouir !

Enfin, retrouvez votre Suspense du mois (*Un risque à prendre*, 1100).

Bonne lecture !

La responsable de la collection

ATTENTION

Programme Rouge Passion
de décembre
exceptionnel !

4 titres **inédits** (nᵒˢ 1099 à 1102)

2 titres inédits (nᵒˢ 1103 et 1104)
rassemblés dans un **coffret spécial**
avec en cadeau **1 roman GRATUIT**
de la collection Azur.

Pour **40,67 FF*** seulement
(le prix de 2 romans Rouge
Passion), vous pouvez profiter
d'un troisième livre gratuit !

3 POUR LE PRIX DE 2

***6,20 € • Suisse : 10,80 SFr. • Belgique : 250 FB**

Ce produit n'est pas disponible au Canada.

L'inconnu de Noël

CHRISTINE PACHECO

L'inconnu de Noël

COLLECTION ROUGE PASSION

*Cet ouvrage a été publié en langue anglaise
sous le titre :*
A HUSBAND IN HER STOCKING

Traduction française de
FRANCINE SIRVEN

HARLEQUIN ®
est une marque déposée du Groupe Harlequin
et Rouge Passion ® est une marque déposée d'Harlequin S.A.

Originally published by Silhouette Books,
division of Harlequin Enterprises Ltd.
Toronto, Canada

*Toute représentation ou reproduction, par quelque procédé que ce soit, constitue-
rait une contrefaçon sanctionnée par les articles 425 et suivants du Code pénal.*
© 1997, Christine Pacheco. © 2001, Traduction française Harlequin S.A.
83-85, boulevard Vincent-Auriol, 75013 Paris — Tél. 01 42 16 63 63
Service Lectrices — Tél 01 45 82 47 47
ISBN 2-280-11867-X — ISSN 0993-443X

1.

Maudite neige! Excédé, Kyle Murdock releva d'un coup sec le col de son blouson de cuir. Rien n'y fit! Planté devant cette porte obstinément close, il ne pouvait que subir l'assaut glacial de ce vent de décembre.

Déjà, de nombreux flocons poudraient ses cheveux et fouettaient malicieusement son visage. A peine quelques heures plus tôt, il se félicitait pourtant de rouler sous le bleu intense d'un ciel sans nuage.

Mais la neige à présent avait fait son œuvre et la nature semblait comme transfigurée. Les branches ployaient sous un épais manteau blanc et ici et là se dressaient de monstrueuses congères, forteresses infranchissables. Seul et impuissant dans ce paysage hostile et sauvage, Kyle n'avait pour l'heure d'autre choix que de trouver — rapidement — de l'aide.

Facile à dire; en fait, personne derrière cette porte ne semblait s'inquiéter de son sort.

De nouveau, il martela de ses mains nues le bois massif — avec plus d'insistance, cette fois. Car ce chalet était occupé, il en était convaincu. Quelques minutes plus tôt, il avait nettement aperçu un rayon de lumière filtrer derrière les rideaux. Les minutes pourtant s'écoulèrent sans qu'il n'obtienne de réponse.

Seule une chouette cria dans le lointain, comme pour lui manifester un peu de compassion.

La situation devenait critique, d'autant qu'une nuit noire tomberait bientôt sur le Colorado. Et même si cinq kilomètres seulement le séparaient de Jefferson, la ville la plus proche, Kyle se voyait mal faire le chemin à pied, sous les éléments déchaînés.

Et dire qu'on l'attendait ! Sa sœur Pamela et la famille tout entière espéraient sa venue pour les fêtes. Noël ! Pour rien au monde, Kyle n'aurait manqué ce rendez-vous tant il aimait la joie fébrile que montraient sa nièce et son neveu au petit matin frileux du 25 décembre. Un moment de pur émerveillement et de magie !

Il souffla énergiquement sur ses mains engourdies et amorça un petit pas de deux censé le réconforter.

L'instant d'après, il s'immobilisait, alerté par un grincement aigu. Non, il ne rêvait pas ! La porte du vieux chalet s'ouvrait, lentement, soit, mais elle s'ouvrait, lui délivrant enfin un peu de lumière et de chaleur ! Un vrai miracle qui le laissa comme stupéfait, si bien qu'il sursauta lorsqu'une voix douce et féminine demanda :

— Puis-je faire quelque chose pour vous ?

Il sortit de l'ombre, de façon à rassurer l'inconnue, manifestement sur ses gardes, et leva le pouce en direction de sa Harley, embourbée dans un fossé.

— Ma moto est hors d'usage.

Pour toute réponse, Kyle ne récolta qu'un lourd silence. Il tenta alors d'apercevoir le visage de l'inconnue, retranchée derrière sa porte. En vain.

— Si vous n'y voyez pas d'inconvénient, reprit-il tout de même, je voudrais utiliser votre téléphone. Seule une dépanneuse me sortira de ce bourbier.

Toujours aucune réaction. Kyle sentait l'hypothermie le gagner.

Enfin, un nouveau miracle survint et la porte s'ouvrit franchement.

Alors, il n'hésita pas une seule seconde, essuya au mieux la semelle de ses bottes et s'engouffra dans le chalet, ses gants de cuir détrempés à la main.

L'inconnue referma derrière lui en toute hâte et s'approcha. Une délicate sensation de chaleur l'enveloppa et il recouvra un peu de son souffle.

Il s'apprêtait à découvrir à quoi ressemblait son hôtesse lorsqu'un énorme fracas se fit entendre.

— Excusez-moi, lança-t-elle.

Et elle disparut, avant même qu'il ait pu prononcer le moindre mot. Kyle resta là, désemparé, à s'interroger. Devait-il se taire ou au contraire proposer son aide ?

— C'est pas vrai ! entendit-il soudain.

Le ton de l'inconnue n'était pas réellement à la colère, aussi Kyle saisit-il cette occasion pour se manifester. Balayées ses hésitations ! Il décida de rejoindre la maîtresse des lieux afin de savoir de quoi il retournait.

Mais à peine quittait-il le salon qu'un nouveau choc résonna ! Kyle accéléra le pas et trouva l'inconnue dans sa cuisine, agenouillée au pied d'un gigantesque placard. Autour d'elle, une bonne dizaine de boîtes de conserve roulaient encore sur le sol. Depuis sa corbeille, un chien blanc observait la scène, un brin moqueur.

— Un problème ?

Kyle regretta immédiatement sa question. En se rendant dans la cuisine, sa seule intention était de se montrer prévenant ; en fait, il n'avait réussi qu'à terrifier son hôtesse. Pâle de frayeur, celle-ci le fixait, bouche bée, le visage en partie caché par une mèche de cheveux. Kyle distingua en revanche très bien ses yeux : de grands yeux effarouchés.

Au même moment, le chien se dressa, menaçant, et commença à grogner, tous crocs dehors.

— Tempête! Couché! cria l'inconnue, agacée.

Têtu, le corniaud ignora superbement l'ordre de sa maîtresse et fila droit sur Kyle qui jugea plus prudent de rester immobile.

— Tempête aboie à tort et à travers, mais il ne ferait pas de mal à une mouche, dit-elle avant de se relever.

— Salut, toi, dit Kyle sans oser bouger un doigt.

Tempête grogna de nouveau et lui flaira la main.

— Tempête, du calme! ordonna la jeune femme.

L'animal interrogea alors sa maîtresse du regard, puis s'assit, apparemment rassuré, avant de présenter sa patte à Kyle qui, respectueusement, l'accepta.

— Il est trop possessif, avoua l'inconnue.

Un défaut bien pardonnable, à en juger par la tendresse avec laquelle elle caressa l'animal la seconde suivante. Elle ajouta :

— Mais une fois en confiance, il est tout sucre! N'est-ce pas, Tempête?

Comme pour confirmer les dires de sa maîtresse, le chien rejoignit son panier pour s'y affaler, la tête confortablement calée entre les pattes.

— Tenez, je suis sûre qu'il vous considère déjà comme son meilleur ami.

— Normal! Il sait qu'aucun danger ne vous menace.

L'allusion ne suscita pas de commentaire.

— Un animal sent ces choses-là, insista Kyle.

Nouveau silence! Décidément, l'inconnue ne semblait guère disposée à relancer la conversation. Elle s'essuya brièvement les mains sur le tissu de ses jodhpurs — sans doute pour se donner une contenance — et Kyle put enfin l'observer à loisir. Blonde, de grands yeux noisette et un physique proprement irrésistible ! Une vraie beauté. Il se présenta :

— Kyle Murdock, dit-il en lui tendant la main.

Contre toute attente, elle répondit à sa poignée de main. Et au seul contact de sa peau, Kyle sentit tout son corps se réchauffer. Oubliés la neige, le froid, l'angoisse... il reprit instantanément vie.

Et sa renaissance, il la devait à ce petit bout de femme dont la main délicate disparaissait littéralement dans la sienne. Mais se remémorant soudain les règles élémentaires de la courtoisie, il relâcha son étreinte, un peu confus. Elle retira alors sa main, lentement, un imperceptible sourire aux lèvres.

Aussitôt, Kyle se perdit dans l'immensité de son regard — son plus sûr atout, assurément. De ceux qui éveillent chez un homme les fantasmes les plus fous.

Il nota cependant dans ces yeux une ombre de défiance — la faute aux circonstances, probablement. Des circonstances dont il reprit brutalement conscience ; un instant, il avait en effet oublié qu'il n'était ici que de passage. Or, il devait se trouver au plus vite un hôtel tant que la tempête permettait encore de se déplacer.

Revenant aux raisons de sa visite, il demanda :

— Puis-je utiliser votre téléphone ?

L'inconnue lui indiqua un petit guéridon.

— Là-bas, dit-elle en lui cédant le passage.

Kyle retira ses lunettes de sport. La beauté de cette femme le fascinait. Une beauté hors du commun dont la force tenait à une sorte d'aura faite de dignité et de sérénité — pour être juste, aux antipodes de la rage qui couvait en lui ! D'un abord plutôt sympathique, elle affichait un naturel sans prétention. Tout l'inverse de sa future épouse !

Kyle s'empressa de chasser ce genre de pensées qui, invariablement, le menaient à la même impasse. Il glissa ses lunettes dans la poche de son blouson, posa ses gants sur le petit guéridon et s'empara de l'annuaire où il choisit au hasard un numéro à la rubrique « Dépannages ».

Une première sonnerie, suivie d'une seconde. Puis plus rien ; silence radio !

— La ligne est coupée ! s'exclama-t-il, contrarié.

La nouvelle, à l'évidence, n'était pas non plus du goût de l'inconnue. Elle croisa les bras, perplexe. Un geste anodin en soi, mais qui eut pour effet de plaquer son chemisier rose de manière très suggestive.

La gorge de Kyle se serra. Quelque chose en lui ne tournait pas rond. Il croyait ses pulsions définitivement en sommeil et voilà que cette femme venait sans prévenir perturber sa pitoyable libido.

Il se détourna, autant pour raccrocher le combiné que pour tenter de reprendre ses esprits.

Par la fenêtre, au-dessus de l'évier, il constata alors que les bourrasques de neige avaient redoublé de violence. Non, décidément, il était évident qu'à cette heure il ne pourrait plus rallier Jefferson à pied. Mais alors, que faire ? Soudain, une idée lui vint.

— Votre mari pourrait peut-être m'aider à dégager ma moto ? demanda-t-il.

Au bout de quelques secondes d'un silence pesant, l'inconnue finit par avouer :

— Je ne suis pas mariée.

Kyle n'en revint pas. Quoi ? Elle vivait seule ici ? Si loin de tout ? Et ouvrait sa porte aux étrangers, sans plus de précaution ? Il n'aimait pas ça du tout. Pourtant, cela ne le regardait en rien — ce qui l'irrita encore plus.

— En revanche, poursuivit-elle, j'ai un fusil de chasse.

Kyle fronça les sourcils. Elle précisa encore :

— Et je sais m'en servir.

— Compris, dit-il dans un demi-sourire

Le message était clair.

Tous deux, à présent, se faisaient face, chacun scrutant l'autre avec intensité. Kyle décoda alors sur ce visage l'expression de sentiments contradictoires. Car si l'inconnue affichait une attitude bienveillante, presque amicale, son regard exprimait au contraire une grande réserve.

— Vous devez être frigorifié, murmura-t-elle enfin.

— Presque ! En fait, j'avais prévu de rejoindre Conifer avant la tombée de la nuit, mais...

— C'est encore possible, si je vous y conduis. Ma voiture se trouve dans la remise.

Elle avait prononcé ces quelques mots à la va-vite, comme soulagée d'avoir enfin trouvé une issue à la situation. Solution à laquelle Kyle ne pouvait décemment pas s'opposer. Mais à la vérité, et sans qu'il s'explique clairement pourquoi, quelque chose en lui le pressait de trouver au plus vite une autre idée.

Près de la porte ouvrant sur le jardin, un manteau pendait à une patère. L'inconnue allait s'en saisir lorsque Kyle brisa net son élan.

— Impossible, affirma-t-il.

Elle le dévisagea, incrédule.

— Vous faites bien allusion à la remise juste à côté du chalet ? demanda-t-il.

— Oui.

— J'ai vu en arrivant chez vous que la porte était bloquée par deux ou trois mètres de neige. Une congère. Désolé, pour vous comme pour moi, croyez-le.

Elle raccrocha son manteau, résignée. Kyle saisit alors ses gants abandonnés sur le guéridon.

— Bien... Je m'en vais, reprit-il, un sourire forcé aux lèvres. Sachez que j'ai grandement apprécié votre sollicitude.

Il glissa ses doigts encore transis dans le cuir détrempé, puis tourna les talons pour se diriger vers la porte d'entrée.

— Un moment, murmura son hôtesse.

Elle avait parlé si bas que Kyle douta d'avoir bien entendu.

Il s'arrêta pourtant et posa son regard sur elle, l'air interrogateur.

Meghan s'en voulait déjà. Mais qu'avait-elle donc dit là ? Et son bon sens, où était-il passé ? La raison aurait voulu qu'elle chasse cet homme, sur-le-champ. Moto, blouson de cuir noir, c'était là en effet la panoplie du parfait voyou. Peut-être bien... mais un voyou déjà à moitié gelé. Non, elle ne se sentait pas le droit de l'abandonner à la cruauté des éléments !

— Pardon ?

La voix de l'homme l'effleura comme une caresse... Depuis plusieurs jours, déjà, elle travaillait sans s'accorder une seule minute de repos et dans le plus total isolement. Aucun voisin dans les parages, un téléphone muet et pas même le coup de fil hebdomadaire de sa mère. Avant d'ouvrir sa porte, elle ignorait jusqu'au temps qu'il faisait. Et voilà qu'un étranger

14

passait et que cette seule présence agissait sur elle comme un baume.

Plongée dans ses pensées, Meghan cherchait à comprendre les raisons de son trouble. Posée, grave, virile, la voix de ce Kyle Murdock n'avait pourtant rien de spécial. Excepté le ton, empreint d'une certaine éducation et tellement réconfortant. En totale contradiction avec son look !

Surtout, rester sur ses gardes ! Cacher l'émotion qui la submergeait, se dit-elle, sur la réserve.

— Monsieur Murdock.

— Kyle, s'il vous plaît, corrigea-t-il avec tendresse.

— Kyle, donc, il semble que vous soyez coincé ici.

— Pensez donc ! La ville n'est pas loin.

— Mais il y a bien cinq kilomètres !

— Vous savez, la marche ne me fait pas peur !

Pure bravade, songea Meghan. En effet, malgré tous ses efforts, Kyle Murdock ne put réprimer un rictus. Il mentait, de toute évidence ! Elle remarqua soudain dans ses cheveux un flocon solitaire qui n'en finissait pas de fondre et, sous les gants de cuir trempés, elle imagina un instant ses mains ankylosées.

Bien sûr, elle pouvait toujours le laisser partir. Mais qu'il lui arrive quelque chose, et elle ne se le pardonnerait jamais ! Après tout, que risquait-elle à lui offrir l'hospitalité ? peu de chose, en fait. Et puis, elle avait son fusil — que Dieu la préserve pourtant de devoir l'utiliser !

— Je vous en prie, restez ! dit-elle en s'efforçant d'adopter un ton léger.

— Merci du fond du cœur, mais je ne peux abuser plus longtemps de votre gentillesse, mademoiselle... ?

La manœuvre échoua lamentablement. Pour une raison ou une autre, Meghan refusait obstinément de révéler son nom, comme pour mieux se préserver.

— Monsieur Murdock... Kyle, pardon! Regardons les choses en face, reprit-elle, comme si de rien n'était. Avec cette tempête, vous ne ferez pas cent mètres. Inutile de tenter le diable et de risquer de vous perdre. Et à supposer que vous atteigniez la ville, que ferez-vous ?

Elle reprit posément son souffle, avant de poursuivre sur un ton tout à fait détaché :

— Il n'y a aucun hôtel à Jefferson ; de plus, le col de Kenosha est probablement fermé, maintenant.

Elle se tut, curieuse de la réaction de Kyle, quand soudain elle prit conscience d'une douleur lancinante. Tout ce temps, elle avait gardé la main posée — disons plutôt crispée — sur sa hanche. Et à présent, son bras tout entier était comme tétanisé.

Quelle sotte elle faisait ! Inutile de se mettre dans un tel état pour un étranger échoué dans sa cuisine par hasard ! De plus, Monsieur était adulte et responsable ! Et s'il tenait tant que ça à jouer les durs, qu'il se débrouille et s'en aille affronter la neige !

Et tant pis pour cette petite voix en elle qui inlassablement répétait « Qu'il reste » !

Elle regarda Kyle droit dans les yeux et, avec un air détaché, lança, presque à bout de souffle :

— Retirez donc votre blouson.

Il l'observa, manifestement indécis. Le temps se fit soudain plus pesant, comme si l'avenir du monde se jouait là, et pour l'éternité. Pour le meilleur, ou pour le pire, seule la suite en déciderait. Cependant, Meghan pria en silence que ce fût pour le meilleur.

Kyle enfin s'exécuta et fit sauter un premier bouton-pression. Un second céda, suivi du crissement caractéristique d'une fermeture Eclair.

Ce bruit, banal et innocent, réveilla aussitôt chez elle le souvenir ancien de nuits brûlantes.

Kyle venait de retirer son blouson. Une chemise de flanelle mauve moulait ses épaules à la perfection, comme taillée à sa seule intention. Un moment, le regard de Meghan s'égara sur l'échancrure du col, négligemment entrouverte. Grand, musclé, Kyle était le type même du mâle. Un mâle bloqué ici avec elle, sous son toit, jusqu'à ce que la tempête s'essouffle. Ce qui pouvait prendre vingt minutes, plusieurs heures ou quelques jours... Assez! Elle devait absolument se ressaisir. Elle imagina alors un prétexte pour sortir au plus vite de la cuisine.

— Je vais vous chercher une serviette, dit-elle.

Elle traversa le salon en direction du couloir. Là, elle attrapa à la hâte deux serviettes de bain dans une armoire puis s'accorda quelques minutes. Adossée contre un mur, elle tenta de faire le point. Quelque chose en elle palpitait, quelque chose qu'elle croyait pourtant avoir définitivement éliminé de sa vie. Tout se passait en fait comme si cet homme l'avait brusquement... libérée.

Ce Kyle, décidément, commençait à fragiliser un peu trop cet équilibre qu'elle s'était patiemment forgé. Etait-ce une si bonne idée de l'avoir invité à rester?

Puis, en femme d'intérieur accomplie, elle pensa à ses bottes maculées de neige qui menaçaient d'inonder le carrelage et se décida enfin à retourner dans la cuisine. Le lourd blouson de cuir noir, résolument masculin, pendait déjà tout près de son propre manteau rose, si délicat, tellement féminin.

— Merci, dit Kyle lorsqu'elle lui tendit les serviettes.

Sans attendre, il frictionna ses cheveux, puis ramena d'un geste quelques épis rebelles en arrière avant de s'employer à retirer ses bottes.

Meghan dut se faire violence pour détourner le regard de son jean noir trempé qui collait à ses cuisses comme une seconde peau. Mal à l'aise, elle se mit à éponger fébrilement le sol. Une minute plus tard, Kyle, presque au garde-à-vous, semblait attendre les ordres.

— Et si nous faisions un feu ? proposa-t-elle, la gorge nouée.

Elle s'éclaircit la voix avant d'ajouter, histoire de se justifier :

— Pour vous sécher... Vous réchauffer un peu.

Elle se dirigea vers le salon, Kyle sur les talons. Et à cet instant, elle réalisa qu'aucun homme, hormis son père, n'avait jamais pénétré dans son chalet.

Et alors ? Au diable ces considérations ! Furieuse contre elle-même, elle attrapa sans ménagement une bûche qui, fatalement, la blessa. Une méchante écharde pointait à présent au bout de son doigt. Aussitôt, Kyle se précipita et prit sa main blessée avec une douceur surprenante chez un homme d'une telle virilité. Meghan en fut bouleversée au point d'en oublier la douleur.

Curieusement, le contact de cet homme encore transi communiqua à tout son être une chaleur inattendue. Il émanait de Kyle une autorité naturelle irrésistible à laquelle elle s'abandonna, sans retenue. D'autant qu'il semblait prendre très au sérieux son rôle de médecin urgentiste. Après une inspection minutieuse de la plaie, il tira d'un coup vif sur la pointe de l'écharde.

— Raté, dit-il. Je n'ai pas assez de prise.

Il regarda Meghan. D'un regard intense et envoûtant, même si sa façon de froncer les sourcils trahissait une réelle anxiété.

— Je vais essayer encore. Il faut en finir.

De nouveau, Kyle baissa les yeux, tout entier concentré sur le minuscule éclat de bois qui, cette fois, céda. En fin de compte, comme elle avait eu raison de ne pas le chasser ! songeait Meghan.

— Et voilà ! conclut-il. Tout va bien ?

— Merci, dit-elle en reprenant son souffle.

— C'est le moins que je pouvais faire pour la femme qui m'a sauvé de la congélation, plaisanta-t-il.

Un sourire franc illumina son visage — sans pour autant la convaincre. Ce sourire-là cachait à n'en pas douter un homme secret et redoutable.

Il lâcha enfin sa main ; tous deux commençaient à grelotter.

— Je vais allumer le feu, dit Kyle.

— Et moi, je nous prépare un café.

— Bonne idée.

Déjà, elle courait vers la cuisine.

— Madame ?

La voix grave et chaleureuse arrêta Meghan dans son élan.

— ... Merci encore.

Sans un mot, elle s'enfuit presque, impatiente de se réfugier dans l'intimité de sa cuisine. Là, elle s'accorda un moment de répit, fixant son doigt blessé. Puis, machinalement, elle jeta un fond de café dans l'évier et prépara le plateau. L'eau brûlante s'écoulait doucement, délivrant un vif arôme. Nerveuse, Meghan cherchait à effacer Kyle de son esprit.

Il ne ressemblait en rien à Jack, son ex-mari. Ni d'ailleurs à aucun de ces hommes croisés au cours de sa carrière de sculptrice. Kyle dégageait une force, une volupté sauvage, à des années-lumière du profil type de son idéal masculin.

Assez ! Il lui fallait impérativement mettre un terme à ces divagations ! Tiens, elle ferait bien mieux de jeter un coup d'œil sur son ragoût qui, doucement, mijotait.

Elle grimaça. Ce n'était plus un ragoût, mais une masse informe et à moitié calcinée. Elle le savait, pourtant ! Chaque fois qu'elle se consacrait à la sculpture, elle perdait toute notion du temps !

Aujourd'hui, elle s'était mise au travail dès l'aube, avec une seule obsession : apporter les ultimes corrections à sa dernière œuvre — des anges qu'elle modelait avec une passion exclusive. Tellement exclusive qu'elle n'avait même pas pris le temps de déjeuner.

Brusquement, Meghan réalisa qu'elle allait devoir dîner avec Kyle Murdock — en tête à tête, à cette petite table ! Décidément, l'aventure perturbait sérieusement son intimité. Dans le salon, elle entendait Kyle Murdock s'affairer — comme chez lui, en fait !

L'odeur familière du feu de cheminée glissa jusqu'à elle. Il devait l'attendre, à présent. Le café était prêt et le grille-pain, modeste cadeau acheté à l'occasion d'un Noël solitaire, avait éjecté quelques toasts, dorés à point.

Et Tempête ! Meghan l'avait presque oublié. Affamé, le chien piaffait devant ses boîtes de pâtée qu'il avait pris un malin plaisir à faire dégringoler.

Elle remplit avec tendresse une écuelle frappée au nom de son compagnon et se mit en devoir de ranger. Pour la énième fois ! Car depuis quelque temps, Tempête accumulait les bêtises. Un moyen d'attirer l'attention de sa maîtresse, probablement. Meghan n'avait pourtant pas le sentiment de le négliger. Mais ne dit-on pas que les bêtes disposent d'un sixième sens ?

— Puis-je vous aider ?

Meghan sursauta. Kyle était là, tout près, et elle ne l'avait pas entendu approcher. Elle s'interdit toutefois de le regarder et continua d'empiler consciencieusement ses boîtes de conserve.

— Juste le temps de mettre un peu d'ordre.

— Je ne voulais pas vous effrayer, dit-il.

— Mais pas du tout, rétorqua-t-elle avec un certain aplomb.

Il s'accroupit à côté d'elle et leurs cuisses se touchèrent.

Sans un mot, Kyle s'efforça tant bien que mal de l'aider et c'est comme à regret que Meghan lui tendit la dernière boîte.

Déjà debout, il lui proposait sa main.

Elle hésita.

— Je vous fais peur, affirma-t-il alors.

— Absolument pas, répliqua-t-elle aussitôt, sans se démonter.

Mais il insista :

— Si, je vous fais peur.

Elle mentit de nouveau, cette fois avec un hochement de tête trop appuyé pour être honnête. Kyle lui tendait encore la main. Elle finit par l'accepter, mais avec une confiance toute relative. Car elle ne ressentait aucune peur, non, plutôt une sensation de vertige.

Il l'aida alors à se relever, d'un geste qui les fit se frôler. C'en était trop pour Meghan dont le cœur soudain s'accéléra. Une bouffée de chaleur maligne la submergea. Bouleversée jusqu'au plus profond d'elle-même, elle se sentait en même temps renaître !

— Si je ne vous fais pas peur, prouvez-le-moi !

Elle leva lentement les yeux pour, enfin, rencontrer son regard. Cet homme lui faisait l'effet d'un géant ; il est vrai qu'avec son petit mètre cinquante, elle ressemblait à une poupée face à la stature de Kyle ! Tout chez lui respirait la force, jusqu'à ses mains. Des mains rudes et puissantes, qui d'ailleurs ne portaient aucune alliance. Mais cela ne signifiait rien... Sinon qu'il paraissait abhorrer tout artifice et se moquer des apparences. Même sa peau dégageait un parfum troublant de naturel, mélange brut de grand air et d'essence de moto.

Experte depuis tant d'années à dissimuler ses émotions, Meghan réussit assez rapidement à se reprendre. Avec un peu plus de difficultés peut-être que par le passé, tout de même, remarqua-t-elle.

— Prouvez-le-moi, répéta Kyle, impitoyable.

— Comment ça ?

— Confiez-moi quelque chose.

Où voulait-il donc en venir ? Dans quel jeu voulait-il l'entraîner ?

— Votre nom, murmura Kyle, confiez-moi votre nom.

2.

Tous deux eurent en cet instant le vague pressentiment que quelque chose allait se jouer, ici et maintenant, sur cette simple question.

Consentirait-elle à lui révéler son nom? Allait-elle lui refuser cette faveur? La balle était désormais dans le camp de Meghan qui, ne trouvant aucune échappatoire, eut un moment de panique. Alors, le temps d'un battement de cils, elle se réfugia au plus profond d'elle-même, inaccessible et impénétrable. Puis, enfin, elle regarda Kyle droit dans les yeux et dit, avec détermination :

— Meghan.

— Meghan, répéta-t-il, savourant chaque syllabe avec délectation.

— Meghan Carroll.

« Très doux, très féminin », songea Kyle. Oui, ce nom, décidément, était à son goût. Comme celle qui le portait d'ailleurs ! Mais qu'il était donc sot ! Il était là à méditer, alors qu'elle attendait probablement sa réaction.

— Joli nom, s'empressa-t-il alors de commenter.

Meghan respira, de toute évidence soulagée. Un soulagement palpable et, en définitive, plutôt touchant.

Une chose en tout cas semblait sûre : plutôt que de la peur, la réserve de cette femme dénotait une certaine timidité. « Je préfère ça », pensa Kyle qui avait toujours eu en horreur les femmes trop entreprenantes.

— Vous devez avoir faim ? dit-elle.

Le ton n'avait rien de naturel ni de chaleureux. En cet instant, Meghan donnait plutôt l'impression de sacrifier péniblement aux règles de l'hospitalité. Kyle pourtant ne s'en offusqua pas et répondit du tac au tac, avec une franchise déconcertante.

— Je suis affamé, oui !

— Et si... Peut-être pourriez-vous partager mon repas ?

— Dois-je considérer ceci comme une invitation ? demanda-t-il avec une pointe d'ironie.

— Pardonnez-moi. Je me suis mal exprimée, répondit-elle aussitôt, plus spontanément cette fois.

— Qu'entendez-vous par là ?

Kyle se prenait à espérer une Meghan un peu plus bienveillante et un peu moins froide.

— Ma proposition était brutale. Ce n'est pas dans mes habitudes, expliqua-t-elle, confuse.

— Ne vous en faites pas ! Vous n'avez pas l'habitude de recevoir des étrangers dans votre cuisine, c'est tout !

Il se tenait tout près d'elle, à présent — trop près sûrement — mais pourtant, il ne s'écarta pas d'un pouce et s'imprégna des effluves de son parfum délicat — si subtil et tellement enivrant. Il déroula alors brièvement dans sa tête le film de ses années passées... Il y avait une éternité qu'il n'avait pas croisé de femme aussi séduisante. Et en fait, cette désagréable sensation de vide qu'il éprouvait au creux de l'estomac n'avait rien à voir avec la faim. Elle trahissait un tout autre genre d'appétit, un vrai... désir, plus qu'un besoin.

— C'est juste, reconnut-elle enfin, vous êtes le premier homme à pénétrer dans ma cuisine.

L'aveu étonna Kyle, mais l'enchanta. Pourquoi donc ? Il l'ignorait encore, mais c'était ainsi.

— Je m'occupe du repas, lança Meghan. A condition que vous dressiez la table et que vous fassiez la vaisselle. Je déteste ça ! ajouta-t-elle, sur un ton espiègle.

Instantanément, la tension qui régnait entre eux se dissipa.

— Voilà bien ma chance ! Une femme moderne !

Elle sourit à cette réflexion. Un sourire fugitif, soit, mais d'autant plus précieux qu'il levait un peu le voile sur la vraie Meghan. Sur sa personnalité, ses convictions. Kyle, pourtant, ne s'estimerait satisfait qu'une fois les masques tombés. Vraiment tombés.

— En contrepartie, je vous offre le meilleur pain des environs, poursuivit-elle. Et elle désigna un appareil ménager — une petite machine à pain ultra sophistiquée — avant de confesser :

— Une folie, la seule de l'année !

— La table et la vaisselle, contre du pain chaud ? Je ferais n'importe quoi pour du pain chaud ! Marché conclu ! déclara-t-il solennellement.

C'est alors qu'il réalisa soudain qu'il n'avait pas mis les pieds dans une telle cuisine depuis bien longtemps. Une pièce spacieuse et chaleureuse — tout le contraire des cuisines actuelles, froides et impersonnelles.

Cette cuisine-là lui en rappelait une autre, baignée par le doux parfum des épices. Un lieu enchanteur où Kyle, tout gamin, trottinait aux côtés de sa grand-mère Aggie.

— Quelque chose vous amuse ? demanda Meghan.

Comme pris en faute, Kyle se figea.

— Vous souriez, dit-elle.

— J'étais perdu dans mes souvenirs ! C'est que la cuisine de ma grand-mère ressemblait beaucoup à la vôtre, voilà tout.

Lui-même ne possédait qu'une simple kitchenette, résolument « tendance » et avant tout fonctionnelle. Ici, il ne voyait pas même un lave-vaisselle. En revanche, il éprouvait dans ces murs une authentique impression d'intimité, une chaleur communicative. Un moment, il goûta pleinement cette sensation de bien-être, et ce bonheur tout simple fit resurgir de manière plus sensible la question de son avenir. Avait-il oui ou non pris la bonne décision ? Il en doutait encore, et pourtant, dans quelques jours à peine, il rentrerait à Chicago pour y assumer la direction de *Murdock Enterprises*, la société de son père. L'imminence de cette nouvelle responsabilité le rendait particulièrement nerveux.

Tempête l'arracha soudain à ses réflexions en venant se faufiler prestement sous la table de la cuisine, apparemment habitué à quémander là quelques miettes à sa maîtresse. Et considérant l'embonpoint de l'animal, Kyle en conclut que cette maîtresse-là devait être bien indulgente.

Une femme de cœur... Si ça se trouve, Tempête était un pauvre chien errant qu'elle avait un jour recueilli tout penaud à sa porte et adopté sur-le-champ. Exactement comme moi, songea-t-il, amusé.

Meghan l'invita à s'asseoir à la petite table, visiblement plus adaptée aux repas solitaires. Leurs genoux, évidemment, s'effleurèrent. Chacun s'efforça alors de donner le change. Après tout, ils s'étaient tout juste frôlés. Mais Kyle ne se cachait pas que ce contact avait suffi à réveiller en lui une sensation de désir brûlante.

Il tenta de se ressaisir. Bien qu'il ne soit pas homme à fuir devant ses émotions. Sa personnalité le poussait au contraire à les assumer, à composer avec elles... Il avait mis, jusqu'alors, un point d'honneur à se comporter en parfait gentleman. À cet instant pourtant, il désirait Meghan — un désir presque douloureux. Car il ne voulait — ni ne pouvait — envisager d'y céder.

Seul le hasard l'avait mené ici. Sa vie se jouait ailleurs, qu'il le voulût ou non ! Et personne n'échappe à son destin, cela, il avait fini par l'apprendre. Souvent à ses dépens, d'ailleurs !

Avec ce flegme impressionnant et si souvent vanté par ses proches, Kyle refoula sans ciller toutes ses pensées. Il s'apprêtait à servir, parfaitement maître de lui-même, quand Meghan l'interpella :

— Attention ! Le fond du plat est complètement calciné !

Indécis, il la regarda.

— C'est à cause de mon travail, ajouta-t-elle. J'en ai complètement oublié le repas et tout a failli brûler !

« Le genre d'oubli qui doit se répéter souvent », songea Kyle. Elle était si mince, si menue, qu'elle devait certainement sauter régulièrement des repas ! Cette femme aurait bien besoin qu'on veille sur elle. « Mais, oublie ça, mon bonhomme, s'ordonna-t-il, ce n'est pas pour toi ! ». N'empêche... Kyle enviait celui qui se tiendrait un jour aux côtés de Meghan.

Toujours impassible, il procéda enfin au service — d'abord l'assiette de Meghan, puis la sienne — et le regard qu'ils échangèrent à cet instant fut aussitôt suivi d'un silence pesant. Le genre de silence qui vous lamine et vous broie. Mais bon sang, qu'avait-elle donc en tête en ce moment précis ? Rien de comparable, sûrement, à ce qu'il pouvait lui-même ressentir :

Meghan, apparemment sereine, commençait tranquillement à manger, comme si de rien n'était. Jugeant que c'était encore ce qu'il avait de mieux à faire, Kyle l'imita. Instantanément, la saveur de ce plat le ramena alors des années en arrière. Bouleversé, il chuchota :

— Ma grand-mère cuisinait le ragoût de la même façon.

Il pensait déjà que sa remarque ne serait suivie d'aucun écho lorsque Meghan se décida enfin à parler :

— Moi, je n'ai jamais connu ma grand-mère, avoua-t-elle sur un ton mélancolique.

— J'en suis désolé pour vous.

Et il l'était, sincèrement. Il ne gardait aucun souvenir de sa mère — morte quand il n'était encore qu'un bébé. Son père ? Au décès de son épouse, il s'était jeté à corps perdu dans les affaires, s'employant à faire fructifier l'entreprise familiale. Son temps était alors devenu un bien précieux — qu'il ne dépensait guère avec ses deux enfants. Heureusement, il y avait grand-mère Aggie ! Le seul et unique rayon de soleil de sa triste et lugubre enfance. C'est elle qui pensait aux anniversaires. Elle, encore, qui les accueillait pour les vacances. Et elle, toujours, qui les entourait d'affection et qui les épaulait dans les moments difficiles.

Meghan se pencha soudain pour tendre un bout de pain à Tempête. En ce qui le concernait, personne — pas même un animal — ne l'attendait le soir, quand il rentrait. Personne, en fait, ne se souciait réellement de lui. Et ça ne changerait probablement jamais ! Mais bon, tout ceci n'avait guère d'importance, après tout ! Alors, Kyle chassa ces pensées et s'appliqua à parler sur un ton détaché.

— Ce chalet est véritablement superbe, dit-il. Rien n'avait échappé à son œil exercé et c'est en professionnel qu'il appréciait les qualités de la bâtisse, notant, ici et là, la nécessité de certains aménagements.

Pourtant, quelque chose, le mettait mal à l'aise. Quelque chose d'immatériel, un détail, sûrement — pour l'instant en tout cas, indéfinissable. Machinalement, il pianota sur la table, cherchant à préciser cette impression.

— J'ai eu un vrai coup de foudre pour cette maison, dès que je l'ai vue, affirma Meghan.

— Et vous l'habitez depuis longtemps ? demanda-t-il, curieux.

Curieux, mais de quel droit ? De quel droit se permettait-il de telles questions ? Ah, il ne lui en aurait pas voulu de garder le silence car, après tout, il se montrait bien indiscret. Pourtant, alors qu'il se reprochait cette bourde, résigné et confus, Meghan répondit, en toute simplicité :

— Trois ans.

— Trois ans ! s'exclama Kyle. Vous vivez ici, seule et loin de tout, depuis trois ans ?

— Mais je ne suis pas seule ! Il y a Tempête !

— Et votre fusil, plaisanta Kyle.

Amusée, Meghan ne put retenir un sourire. Un sourire que Kyle reçut comme un trophée. Encouragé, il ajouta :

— Vous avez toujours vécu seule, Meghan ?

— Je ne me déplais pas en ma compagnie, lança-t-elle sur un ton sec.

De toute évidence, elle n'était guère disposée à se laisser entraîner au jeu de la vérité. Et pourquoi insister ? Dans moins de vingt-quatre heures, il enfourcherait de nouveau sa moto, son « monstre » comme il aimait à l'appeler, et s'en irait. Direction, Chicago ! Meghan viendrait alors simplement rejoindre les nombreux visages qui déjà encombraient sa mémoire. Un vague souvenir, agréable, soit, mais sans plus! Sauf que l'on ne devait pas oublier Meghan Carroll si facilement que ça.

Mais déjà, le repas était terminé... Elle se levait de table quand il se rappela soudain sa promesse. La vaisselle!

Ce fut un véritable festival! Kyle, en effet, se laissa littéralement déborder par sa tâche. Il est vrai que l'évier manquait d'un système d'évacuation à la hauteur. A son grand soulagement, Meghan ne fit cependant aucun commentaire sur ses piètres qualités de plongeur.

— Et si nous prenions le café dans le salon? dit-elle, indifférente, semblait-il, aux tracasseries pratiques.

Kyle ne se fit pas prier. Il devait sortir au plus tôt de cette cuisine avant que Meghan n'ait la bonne idée de lui confier une nouvelle mission.

C'est donc soulagé et reconnaissant qu'il lui emboîta le pas. Un instant, il crut lire dans le regard de celle-ci une ombre de malice. A moins que ce ne fût l'éclairage qui...

Au salon, Tempête s'était déjà pelotonné sur le tapis, tout près de sa maîtresse qui elle-même avait pris place dans un bon fauteuil, face à la cheminée. Kyle alla tout naturellement s'occuper du feu puis s'approcha de la fenêtre. Dehors, la neige tombait sans faiblir sous de terribles rafales de vent — un cauchemar. Il frissonna, malgré la flambée, chaleureuse et réconfortante. Quelque chose, dans ces murs, clochait...

Mais quoi?...

30

Et soudain, il comprit. Noël! On célébrait Noël et rien dans ce chalet n'y faisait penser!

Du coup, Kyle songea de nouveau à grand-mère Aggie. A l'approche des fêtes, elle ne cessait de harceler son mari jusqu'à ce que trône enfin un superbe sapin au milieu du salon! Bientôt, toutes les pièces de la maison étaient décorées, ici de guirlandes multicolores, là de pommes de pin et de pochoirs étincelants. Grand-mère Aggie déposait ensuite au pied du sapin de magnifiques paquets enveloppés de papier or et argent. Pas un seul, non, mais toujours plusieurs cadeaux, que Kyle et sa sœur brûlaient de découvrir.

A cette époque, Noël était un moment de vrai bonheur — et le restait encore aujourd'hui, même si grand-mère les avait quittés. Pour rien au monde, Kyle n'aurait voulu manquer ce rendez-vous familial en compagnie de Pam, de Mark et de leurs deux enfants. Hélas, aujourd'hui, une tempête de neige l'immobilisait et lui barrait la route. En fait, le sort s'acharnait véritablement contre lui! Et c'était bien cela qui le tracassait! Se retrouver dans ce chalet, à quelques heures de Noël, loin des siens... quelle guigne! Contrarié, presque maussade, il glissa les mains dans les poches de son jean.

— Meghan, dit-il brusquement, sur un ton presque agressif.

Celle-ci leva les yeux et le regarda, sans broncher, manifestement curieuse de ce qui allait suivre.

— Meghan, vous n'avez pas de sapin de Noël! lança-t-il.

Soudain, on n'entendit plus que le bois craquer sous l'assaut des flammes. Tempête grogna vaguement, puis se rendormit aussitôt.

— Je ne vois pas où est le problème, répondit Meghan, visiblement interloquée.

— Vous ne voyez pas ?

— C'est-à-dire que je vis seule ici, ajouta-t-elle, sur la défensive.

Et alors ! songea Kyle. Tout froid qu'il était, son appartement, à lui, abritait bien un arbre de Noël ! Enfin, plutôt un sapin tout ce qu'il y a d'artificiel, trouvé par son concierge...

— Noël est un jour comme un autre, pour moi, continua-t-elle, comme pour se justifier.

— Ah bon ? Donc, la famille, la tendresse, le partage... Bref, tout ça, c'est du vent ?

— Si je comprends bien, ce n'est pas votre avis ? dit Meghan en posant calmement sa tasse sur un coin de table. Vous savez, Kyle, ce matin, je me suis levée, j'ai avalé mon café, puis j'ai travaillé un moment avant d'essayer de contacter mes parents au téléphone — sans succès. En un mot, le train-train, la routine. Et demain, ce sera la même chose.

Elle avait parlé sans reprendre son souffle, sur un ton apparemment blasé. Apparemment seulement, se dit Kyle. Parce que dans sa voix pointait une sourde note de regret, une certaine tristesse que Kyle se prit soudain à détester. Car cette tristesse se dressait entre eux comme un obstacle à un authentique bonheur — un bonheur tout neuf, sans arrière-pensée ni mémoire.

« Allons, allons, ne rêve pas ! s'ordonna-t-il pourtant. Tu n'en as ni le temps ni le droit. D'ici à quelques heures, tu seras loin. Et puis, cesse d'ennuyer cette femme avec Noël ! Si elle s'en moque, ça la regarde ! »

Mais en dépit de tous ses efforts pour prendre du recul, Kyle ne pouvait s'empêcher de ressasser. Sans sapin de Noël, à Noël, il ne se dégageait aucune vie d'une maison ! D'ailleurs, ce chalet manquait de vie, de cette vie que l'on ne rencontre qu'en famille.

A ce moment, une baisse de tension survint, plongeant le salon dans une semi-obscurité. Inquiétant! D'autant qu'à l'extérieur, le vent redoublait de violence et venait cogner plus fort encore contre les vitres. D'ici peu, à n'en pas douter, l'électricité serait coupée!

— Avez-vous des lampes de poche? Des bougies, peut-être?

— Dans la cuisine, répondit Meghan en se levant.

Au timbre de sa voix, il comprit qu'elle appréhendait de se retrouver en tête à tête avec lui, dans le noir, à subir son petit interrogatoire. Manifestement, elle supportait mal le feu de ses questions. Au moins autant qu'il désapprouvait ses réponses.

Il fallut une nouvelle baisse de tension pour que Kyle réalise l'urgence de la situation. Il accompagna Meghan, bien décidé à prendre les choses en main. Décidément, cette nuit promettait d'être longue.

— Où se trouve le bois? demanda-t-il.

— Là! Dans ce réduit, dit-elle en attrapant une lampe de poche et quelques bougies. Tenez, emportez donc aussi ces deux lampes à pétrole, sur l'étagère.

De retour dans le salon, elle déposa le tout sur la table, prenant soin de ne pas déranger son cher Tempête. Kyle, lui, s'occupa d'entasser quelques bûches près de la cheminée.

Il terminait juste, quand, après un ultime éclat, toutes les lampes s'éteignirent pour de bon. Ils n'eurent que le temps d'échanger un regard avant l'obscurité totale. Une intimité soudaine et inattendue s'installa. Intense, presque palpable.

— Kyle?

— Je suis là. Une seconde, j'attrape une lampe.

Curieusement, l'absence de lumière exacerbait la sensibilité de Kyle. Voilà! Ils étaient tout à fait seuls à présent, de vrais naufragés. Dans le noir, la voix de Meghan exerçait sur lui un charme plus ensorceleur encore. Il percevait — non, il ressentait plutôt — sa respiration, comme il sentait cet irrésistible parfum de femme, cette présence charnelle prendre possession de lui.

Le craquement de l'allumette brisa le sortilège et mit fin à son trouble. L'odeur tenace du pétrole emplit bientôt la pièce.

— A cette heure, votre moto doit avoir disparu sous la neige.

Kyle approuva d'un hochement de tête, absent. Fasciné, il observait les cheveux de Meghan, doucement éclairés par la faible lueur de la lampe et l'éclat des flammes.

Son désir, alors, s'embrasa. Pourtant, il ne fallait pas ! Il devait se montrer plus fort que cette pulsion. Il tenta avec toute sa volonté de retenir son geste. En vain. Comme dans un rêve, il s'approcha de Meghan et ses doigts effleurèrent le visage de la jeune femme qui, sous cette lumière tamisée, paraissait irréel.

Elle se raidit, sans toutefois s'écarter, et plongea son regard dans le sien. Un regard blessé par une longue et impitoyable solitude. Puis, Tempête grogna et la sensualité de ce moment s'évanouit. Meghan parut alors sortir d'une profonde hypnose et, cherchant désespérément à contenir son émotion, elle alluma la seconde lampe avec un zèle suspect.

— Je vais vous préparer une chambre, dit-elle enfin.

— Ne vous dérangez pas. Le canapé fera l'affaire, répondit-il.

— Bien... si vous voulez ! En fait, elle préférait — et de loin — qu'il dorme sur ce canapé, en bas. Et surtout, loin de sa chambre.

Soulagée, elle sortit du salon, armée d'une lampe de poche, le brave Tempête, encore tout endormi, sur ses talons.

Kyle resta seul, assis sur le canapé, à boire son café avec, pour unique compagnie, un silence de plomb. Quelle étrange soirée ! La neige, Noël et... cette rencontre ! La vie réservait parfois de bien curieuses surprises. La sienne semblait pourtant à l'abri de ces coups du destin, jusque-là...

Mais tout rentrerait bientôt dans l'ordre. Demain matin, les routes seraient probablement dégagées. Il serait alors chez Pamela dans la journée. Et puis, dès le 2 janvier, il retrouverait son quotidien. Banal et solitaire peut-être, mais paisible. Sans âme qui vive pour contredire ses valeurs ou discuter ses certitudes...

A ce propos... Meghan affirmait se moquer de Noël ? Alors pourquoi lui avoir ouvert sa porte, à lui, le parfait étranger ? Elle avait beau s'en défendre, ce sens de l'hospitalité était bien dans l'esprit de Noël, non ?

Kyle cherchait comment remercier Meghan de sa générosité quand elle reparut, les bras chargés de couvertures et de draps. Elle tapotait machinalement un oreiller, et comme un flash, il imagina ses cheveux étalés sur le linge douillet. Il se leva enfin, non sans s'être sévèrement reproché ses rêveries.

— Laissez-moi faire, dit-il en s'emparant des draps.
— Inutile ! lança t-elle.

Et dans sa précipitation, ses mains frôlèrent celles de Kyle. Décontenancée par ce contact, elle fixa Kyle puis aussitôt détourna son regard pour ne plus s'occuper que du canapé, sans hâte et avec application. Kyle de son côté l'observait, captivé par les mystères de ce corps en mouvement. Trop perturbant...

Presque en colère, il attrapa soudain la couverture, et

la borda. S'il n'y prenait garde, il ne pourrait lutter longtemps contre son désir — au risque de se voir rabroué, comme un vulgaire malotru. Pas question de faire regretter à Meghan son hospitalité ! Même s'il devait pour cela étouffer ses pulsions et effacer de son cerveau le doux souvenir de sa peau, caressée à cet instant par un tendre halo de lumière.

— Désirez-vous autre chose ? demanda-t-elle enfin en le regardant droit dans les yeux.

Elle rougit, réalisant un peu tard l'ambiguïté de sa question. Mais Kyle ne releva pas et la remercia simplement, d'un signe de tête.

— Dans ce cas, bonne nuit, dit-elle en se dirigeant vers l'escalier.

— Meghan ?

— Oui ?

— Je ne sais comment vous remercier.

— C'est inutile, affirma-t-elle avant de monter à l'étage.

Et elle l'abandonna à une solitude et une détresse comme il en avait rarement éprouvé depuis des années.

Meghan tapota son oreiller. Il était temps de dormir, à présent ! De vagues bruits lui provenaient du salon. Que faisait-il donc ? Il se mettait au lit, probablement. Comme elle grelottait sous ses couvertures ! Elle ferma les yeux, bien décidée à trouver le sommeil, mais l'image de Kyle l'obsédait. Ses épaules, ses cuisses, sa puissance... elle l'imagina, torse nu.

Mais quelle heure pouvait-il donc être ? Machinalement, elle chercha l'éclat lumineux de son réveil avant de se rappeler la panne d'électricité. Mieux valait se détendre et tenter de s'endormir. Et cesser de penser, à tout prix. C'est elle qui avait ouvert sa porte à Kyle, elle encore qui l'avait prié de rester pour la nuit. Par quel caprice en était-elle arrivée là? Même son corps semblait n'en faire qu'à sa guise, tout entier imprégné du souvenir brûlant de sa caresse. Une caresse bien innocente pourtant — presque amicale! Mais qui l'avait totalement bouleversée, qui avait ouvert en elle comme une faille. Elle se serait volontiers laissée aller à cette main. Il s'en était fallu de peu.

Meghan sentit les battements de son cœur s'accélérer. Depuis longtemps, depuis Jack en réalité, elle croyait ces sensations définitivement éteintes. Et voilà que Kyle apparaissait et ramenait sans vergogne tout son être à la vie. Par ses questions, il avait cherché à briser cette intimité qu'elle s'efforçait de préserver, envers et contre tout.

Elle frissonna, non pas sous l'effet du froid, mais anxieuse à l'idée qu'il se montre plus curieux encore. S'il restait, elle devrait alors trouver la force de se protéger.

Enfin, Meghan s'assoupit, malgré le fracas des bourrasques qui venaient se briser contre sa fenêtre.

Quelques heures plus tard, Tempête bondissait sur le lit, la réveillant d'un sommeil agité. Elle tremblait. Impossible de se réchauffer, dans cette chambre glaciale. Désespérant de pouvoir se rendormir, elle alluma la lampe de poche et saisit son peignoir. Un thé très chaud lui ferait le plus grand bien! Elle descendait les marches, une à une et sur la pointe des pieds, la main posée sur la rampe, quand soudain, elle s'immobilisa. Le faisceau de sa lampe venait de surprendre Kyle, profondément endormi, allongé de tout son long sur le canapé.

La couverture qui le protégeait avait glissé et laissait voir son torse nu. Meghan ne détourna pas son regard ; au contraire, elle prit le temps de l'observer. Comment expliquer que, même dans son sommeil, il continue d'exercer sur elle une telle emprise ? En cet instant, il semblait que toute sa vie tienne à ce pâle halo de lumière. Et soudain, elle eut honte. Honte de profiter sans plus de scrupules de son sommeil, de violer ainsi son intimité. Elle qui défendait bec et ongles la sienne ! Mais où donc avait-elle la tête ?

Elle finit par se détourner et se dirigea sans plus attendre vers la cuisine, accompagnée de Tempête. Peu après, la clarté diffuse de la lampe à pétrole insufflait une légère chaleur à la pièce, toujours harcelée par les tourmentes de neige.

Meghan s'affaira, prise d'une vive envie de thé brûlant et sucré. Comme elle avait eu raison de ne pas équiper sa cuisine en tout électrique ! A partir de ce jour, elle ne pesterait plus contre les ratés de sa bonne vieille cuisinière à gaz, se promit-elle en allumant le brûleur sous la petite bouilloire. Sur le comptoir, elle aperçut à ce moment l'ange d'argile que ses mains éprouvaient tant de bonheur à modeler, ces derniers temps. Lentement, avec toute la tendresse de l'artiste pour son œuvre, elle fit glisser ses doigts sur les ailes de Lexie, son ange préféré, baptisé du nom de cette grand-mère morte peu avant sa naissance et qui retrouvait miraculeusement vie sous ses mains.

Pas si mal après tout, pour un coup d'essai ! Car Meghan ne s'était que rarement essayée à la sculpture des anges, auparavant, et aujourd'hui, le résultat, ma foi, l'enchantait. Lexie dégageait une force, un caractère dont elle était assez fière.

— Eh bien, Lexie, que penses-tu de tout cela ?

Retrouvant dans le sourire éternel de l'ange un peu de ses repères, la preuve que rien, au fond, n'avait véritablement changé autour d'elle, Meghan respira plus librement, réconfortée. Puis, elle retourna à la hâte vers la cuisinière où l'eau de son thé déjà bouillonnait.

Quelques secondes plus tard, elle était confortablement installée devant sa tasse. Un bref moment de répit, hélas... Elle versait un peu de sucre dans le breuvage brûlant quand la voix redoutée la fit sursauter :

— Quel parfum délicieux !

Meghan leva les yeux. Kyle, évidemment... Il se tenait là, tout près, nonchalamment appuyé contre le montant de la porte, chemise ouverte, jean toujours aussi moulant... un sourire irrésistible aux lèvres. Alors, un instant, elle éprouva véritablement le désir de lui succomber. Oui, car, mon Dieu, il fallait l'admettre : elle désirait cet homme !

3.

— Regardez-les donc, chuchota Lexie, attendrie, Meghan vient de rougir.

— C'est bon signe, commenta sa compagne en repliant délicatement ses ailes, elle aussi émue par la scène. Quelle bonne idée que cette tempête de neige, ajouta-t-elle, prions à présent pour que tout se déroule selon nos plans.

Contrairement à son amie Aggie, Lexie semblait ne pas s'inquiéter de l'issue de leur tendre complot. Un complot angélique, motivé par le seul élan du cœur. Car elle ne pouvait supporter plus longtemps de voir sa chère petite-fille si malheureuse. Et les confidences d'Aggie, quelques années plus tôt, avaient fini de la convaincre d'agir. Les deux amies célestes s'étaient alors très vite accordées à sceller le sort de leurs deux enfants solitaires. Néanmoins, en cet instant magique, Aggie nourrissait quelques doutes. Les mains jointes sous l'effet d'un profond tourment, elle s'interrogeait : n'était-il pas trop prétentieux de s'aventurer à forcer le destin des vivants ?

— Ne vous alarmez donc pas, dit Lexie, c'est Noël, l'heure où chacun se prend à croire en sa bonne étoile. Et nous ne faisons que donner un coup de pouce au hasard.

— Soit ! Mais, ces deux-là sont-ils réellement faits l'un pour l'autre ?

— Sans aucun doute ! Seulement, pour l'heure, ils l'ignorent, répondit Lexie. Un peu de patience, et si rien ne vient contrarier notre projet, ma petite-fille ne devrait pas tarder à croire de nouveau au miracle de Noël.

— Oh, mon amie, je pense que vous avez raison, admit Aggie en désignant Meghan.

Le souffle court, les joues embrasées par la confusion, Meghan en effet regardait Kyle, le petit-fils d'Aggie, sans pouvoir dissimuler son émotion.

— Ne forment-ils pas un beau couple ? lança Lexie.

— Un couple charmant, et tellement touchant, convint Aggie.

Comme ensorcelés, leurs protégés paraissaient sur le point de céder aux secrets desseins tissés pour eux. Avec une assurance déconcertante, Kyle frôla presque Meghan avant de s'asseoir, sans hâte.

— Mon Dieu, murmura Aggie. S'ils pouvaient...

— Laissons-les à présent, dit Lexie, il ne faut rien précipiter.

Il était là, face à elle, et sa seule présence laissait Meghan totalement désarmée, lui ôtait toute volonté et entendement. Elle l'observait sans comprendre, comme s'il s'était agi d'une apparition, d'une vision divine qui, littéralement, la dépassait. Tremblant presque sous l'acuité de son regard, elle attrapa sa tasse, histoire de se donner une contenance.

Comment aurait-elle pu garder son sang-froid alors que tout son être aspirait à se laisser bercer par cet homme ? Elle avala nerveusement une gorgée de thé et, malencontreusement, se brûla. Que lui arrivait-il donc ? Jamais, elle ne se serait cru capable de telles pensées — d'un érotisme si intense. En fait, son petit chalet habituellement bien tranquille semblait depuis hier habité par un magnétisme troublant. Mais peut-être était-ce là le simple fait des événements : la tempête, l'absence d'électricité, la fatigue enfin...

Kyle se saisit de la bouilloire avant de regarder autour de lui :

— Vous n'entendez rien ?

Meghan secoua la tête, bien incapable à ce moment de percevoir autre chose que la course effrénée de son sang dans ses veines.

— Mais si, un bruissement ! Comme un battement d'ailes ! ajouta-t-il. Bah, une idée, sûrement. Mais dites-moi, comment faites-vous ?

— Pour quoi donc ? parvint-elle enfin à articuler.

— Le thé ! Comment le faites-vous ? Personnellement, je n'ai jamais réussi à me préparer un bon thé, dit-il en souriant. Faut-il verser d'abord l'eau ou le thé ?

— D'abord le thé, répondit-elle en s'étonnant de sa difficulté à prononcer le moindre mot.

Obéissant, Kyle suivit consciencieusement ses instructions — le thé et après seulement, l'eau. Il s'apprêtait à presser le sachet pour en extraire d'ultimes arômes — une vieille habitude — lorsque Meghan se leva. Déjà, elle retenait sa main :

— Surtout pas ça !

Subjugué par la chaleur de sa peau, Kyle hésita.

Quelques fractions de secondes à peine. Juste le temps nécessaire pour que la raison cède aux raisons du cœur. Et avant qu'elle ait eu le temps de se rasseoir, il s'empara de sa main. Meghan crut alors défaillir. L'air se fit brusquement plus rare. Son corps parut se rebeller. Un désir terriblement impatient l'envahit, qu'elle tenta aussitôt de refouler. Elle n'avait besoin de personne — ne désirait personne ! Et surtout pas Kyle Murdock.

Elle devait fuir cet homme, échapper à ce regard qui enchaînait le sien ! Elle retira alors sa main, fâchée de se découvrir si vulnérable. Pourquoi cette attirance ? Pourquoi ce froid ? Et pourquoi enfin cette envie de crier sa détresse ? Ballottée sans ménagement par ces questions auxquelles elle ne pouvait — ni ne voulait — donner de réponses, Meghan ne trouva ni la force d'agir, ni le courage de réagir.

Elle imagina alors avoir rêvé tout cela. La neige, la tempête, les routes fermées. Mais une rafale de vent vint sur l'instant la rappeler à l'ordre.

— Cela a-t-il vraiment de l'importance ?

— De l'importance ? bredouilla-t-elle avec peine, comme si elle se réveillait d'une longue inconscience.

Attentif, Kyle l'observait en souriant, la tête légèrement inclinée. Ah, cette mèche sur son front, songea-t-elle. Meghan était fascinée et mourait d'envie de passer sa main dans les cheveux rebelles de Kyle.

— Le sachet de thé, précisa-t-il, j'ai fait une bêtise ?

Quoi ? Il ne se souciait donc que du misérable sachet de thé ? Comme elle se fichait de son thé, c'était là le dernier de ses soucis ! Et pourtant, elle répliqua :

44

— Il faut juste laisser le sachet délivrer son arôme. Inutile de le forcer !

— Vous avez raison ! Forcer les choses, comme les gens d'ailleurs, ne donne jamais rien de bon ! commenta-t-il, songeur.

« Ne pouvait-il donc pas se taire ? » songea Meghan. Elle n'était vraiment pas d'humeur à tenir une conversation, encore moins à philosopher. Elle avait juste besoin d'aide et Monsieur bavardait. Nota-t-il alors un certain malaise ? Toujours est-il qu'il se concentra à ce moment sur sa tasse de thé avec une attention exagérée. De toute évidence, il souhaitait se montrer discret.

— Peut-être auriez-vous préféré du café ? dit-elle.

— Pardon ?

— Un café ?

— Non, non, je vous remercie. Ce thé est absolument fameux ! répondit Kyle avec courtoisie.

Sans pour autant abuser Meghan que ce petit mensonge fit sourire. Elle songea un instant à remonter dans sa chambre, mais pour une raison qu'elle se refusait encore à envisager, elle resta finalement dans la cuisine. En accueillant un inconnu dans ses murs, elle avait pris un risque. Autant assumer ! Et sa réserve, de fait, s'estompa pour laisser place à une certaine curiosité. Elle s'interrogea. N'accordait-elle pas trop d'intérêt à ce Kyle ?

Plus sûre d'elle, soudain, elle l'observa, sans aucune gêne cette fois. Il prenait une gorgée de thé, sans grand enthousiasme, et du bout des lèvres.

— Il me reste un peu de chocolat, dans le placard. Vous n'avez qu'à le réchauffer.

— Du chocolat ? Dans ce placard-là ? dit-il, comme un enfant auquel on propose sa gourmandise préférée.

Il se précipita presque, versa le chocolat dans un bol, l'enfourna quelques secondes au micro-ondes et revint s'asseoir, tout heureux de son butin. Au passage, il avait saisi sur le comptoir un ange d'argile — pas n'importe lequel, celui que, secrètement, elle nommait Lexie.

La flamme de la lampe à pétrole chancela. Une fois de plus, leurs genoux s'effleurèrent. Et une fois de plus, elle s'intima l'ordre de décamper — tant qu'elle le pouvait encore...

— Ma grand-mère Aggie collectionnait les anges, avoua-t-il.

Tout en dégustant son chocolat chaud, il berçait tendrement le bibelot, comme on berce un enfant. Meghan ne pouvait détacher son regard de Lexie, si fragile, si paisible aussi, dans sa main puissante.

— Collectionnait ? reprit-elle, intriguée.

— Oui ! Grand-mère nous a quittés, il y a quelques années, répondit-il sans chercher à masquer sa peine.

— Désolée.

— Elle était fantastique, ajouta-t-il avant de poser délicatement Lexie sur la table. Dites-moi, où avez-vous déniché cet ange ?

— Je l'ai sculpté, déclara Meghan. En pensant très fort à cette grand-mère, que je n'ai pas connue.

— Impressionnant, chuchota-t-il, admiratif.

Meghan rougit, touchée par son appréciation. Kyle, pourtant, ne parut pas remarquer son émotion, et continua :

— Vous faites ça en professionnelle ou en amateur ?

— Oh ! J'ai un tout petit atelier, en haut, et un seul client, la boutique de souvenirs d'à côté.

— Un atelier? Je vous en prie, montrez-moi ça!

Quoi? L'inviter, lui, dans son sanctuaire? Personne, pas même ses proches, n'avait l'autorisation de pénétrer dans ce refuge. Cette idée lui était insupportable! Pourtant, à son grand étonnement, elle s'entendit répondre, sur un ton faussement alerte :

— Avec plaisir!

Après tout, songea-t-elle, pour s'expliquer la réaction qu'elle venait d'avoir, il serait bientôt parti et elle en aurait enfin fini de ces intrusions dans son intimité, non?

— Je me demandais... Vous me vendriez quelques-unes de vos œuvres? dit-il.

Sa conversation était celle d'un homme au savoir-vivre indiscutable. Un homme bien élevé, redoutablement charmeur.

— Pourquoi pas? Je terminais justement une série quand vous avez frappé à ma porte, répondit Meghan.

Et elle pensa à ses chers anges, exposés sur les étagères de son atelier.

— Formidable! s'exclama-t-il avec entrain. Et les affaires marchent toute l'année, ou plutôt en période de fêtes?

... Et voilà qu'il recommençait avec Noël! Quelle obsession! Qu'avait-elle à faire de Noël et de tout ce tralala? De ces rites et de ces effusions ridicules? Hypocrisie, tout cela n'était qu'hypocrisie, voilà la vérité!

— Noël est une vraie bénédiction pour le commerce. Pour moi comme pour les autres, répondit-elle, sèchement.

— Quel mépris! lança Kyle.

— Pardon?

— Oui, quel mépris pour Noël, affirma-t-il, intraitable.

— Mais pas du tout !

Elle protesta en tentant d'esquiver son regard. Personne jusque-là n'avait su lire si clairement dans son cœur. Transparente, elle était totalement transparente à ses yeux et ce sentiment lui glaçait le sang.

— Pourquoi mentir ? Vous détestez Noël, ce n'est pour vous qu'un moment comme un autre, insista-t-il, visiblement déçu, sans pour autant détourner les yeux.

Elle se demanda soudain ce qu'il pouvait bien faire dans la vie — sachant d'ores et déjà que, quelle que soit sa spécialité, il devait être un champion. Car une telle obstination lui valait sans aucun doute d'obtenir tout ce qu'il voulait ! Kyle Murdock, de toute évidence, était un battant — un gagnant-né ! Alors, Meghan frémit en réalisant qu'elle était la cible de cette détermination. Il la dévisageait, aussi sûr de lui que le prédateur face à sa proie et il dégustait patiemment son chocolat. Le silence qui régnait maintenant dans la cuisine ne le perturbait apparemment pas. Il attendait, c'est tout ! Il attendait qu'elle parle, qu'elle s'explique enfin ! Eh bien, soit ! Elle parlerait. Et peut-être après la laisserait-il en paix ?

— Je ne déteste pas Noël, mais tout le folklore qui va avec.

Seul le vent parut s'offusquer de cet aveu en soufflant soudain plus violemment. Kyle, lui, ne broncha pas. C'est alors que Meghan trouva le courage de continuer. De façon à peine audible, elle confessa :

— Je n'ai jamais eu de vrai Noël.

— Jamais ? dit Kyle, stupéfait.

— Papa et maman sont...

Elle hésita, détestant par-dessus tout les confidences, avant de reprendre :

— Papa et maman ont toujours eu bien trop à faire ! Enfant, on me confiait à la nounou.

Elle s'était exprimée sans amertume ni colère, tout à ses souvenirs, en ramenant d'un geste les ses cheveux en arrière.

— Mais quelle sorte de parents avez-vous donc ? demanda Kyle, tendrement.

— Des parents richissimes, lança-t-elle, et cette révélation contrasta soudain avec le décor de sa cuisine. Un parquet usé, des appareils dépassés, de bien modestes rideaux...

Pourtant, elle parvint à sourire et ajouta :

— Ils m'envoient chaque année un chèque... à Noël, précisément !

Choqué, Kyle ne la quittait pas des yeux.

— Un chèque dont je fais systématiquement don à l'orphelinat de la ville.

— Vos parents ne viennent jamais passer les fêtes avec vous ?

— Oh ! Ils habitent Aspen, à une bonne centaine de kilomètres ! C'est loin, pour eux.

— Comment ? Mais c'est à côté !

— Bien sûr que oui..., murmura Meghan. Mais ils sont souvent en voyage. En France, en Floride. Ils ne viennent dans le Colorado qu'une fois par an, et pour deux petites semaines seulement ! Skier et revoir quelques amis.

— Il ne leur vient pas à l'idée de vous rendre visite quand ils sont dans le coin ?

— Ah, mais si ! Ils l'ont fait. Une fois !

Stupéfait par ce qu'il venait d'entendre, Kyle se redressa sur sa chaise et s'accouda à la table pour mieux se rapprocher de Meghan.

— Pour Noël, c'est ça ? chuchota-t-il.

— Non. A cette période, ils n'ont guère le temps de s'arrêter au chalet.

— Cela ne doit pas être très drôle.

— C'est en tout cas moins triste que de passer Noël au pensionnat, comme quand j'étais jeune.

Instinctivement, Kyle serra les poings et s'efforça de surmonter sa colère.

— C'est ainsi ! Je me souviens d'une nuit où la nounou me trouva endormie dans l'escalier. J'avais attendu des heures durant la venue du Père Noël. J'espérais que mes parents allaient rentrer et m'embrasser tendrement. Comme tous les parents ! Malheureusement, personne n'est venu ; ni pour ce Noël-là, ni pour aucun autre ! conclut-elle, nostalgique.

— Eh bien, cela va changer, s'exclama Kyle avec une telle ferveur que, un moment, Meghan se laissa aller à le croire.

Mais brusquement, de vieux réflexes resurgirent, lui interdisant toute sentimentalité. Que croyait-il ? Depuis ce triste Noël, elle avait eu à surmonter bien d'autres déceptions ! Comme si un mauvais ange se plaisait à la harceler. Ainsi, la cruauté de ses parents n'était rien face au supplice qu'elle avait enduré lorsque l'homme qui lui avait juré amour éternel et fidélité l'avait abandonnée.

Mais cela était son secret, un secret profondément enfoui — toujours aussi douloureux dans son cœur et dans sa chair.

Des années plus tard, Meghan avait encore du mal à s'expliquer comment Jack avait pu se montrer aussi cruel. C'était au cours de leurs toutes premières vacances et... Non ! Elle ne pleurerait pas, elle ne se laisserait pas de nouveau importuner par ce chagrin. Ni abuser par d'autres promesses !

— Vous ne me croyez pas, dit Kyle.

— Non, je ne vous crois pas ! Noël n'est pas pour moi, c'est tout.

N'y tenant plus, Kyle se leva. Il s'approcha alors de Meghan et posa les mains sur ses épaules, la forçant à lever les yeux vers lui. Elle pouvait sentir son parfum, une odeur mâle, indice pour elle de sécurité autant que de danger. Elle frissonna, totalement désorientée par l'intensité de ce regard, tremblant de ne pas sortir indemne de cette rencontre. Pourtant, comme il l'attirait vers lui, son appréhension céda, malgré elle. Doucement, elle sentit les mains de Kyle glisser dans ses cheveux en désordre, descendre sur sa nuque, s'y arrêter, l'étreindre. Un souffle à peine la séparait à présent de cet homme. Alors, elle ne résista pas plus longtemps. Et soudain, le contact de sa main contre sa joue éveilla en elle des sensations, aussi tendres qu'indécentes. Une chaleur d'abord l'enveloppa, puis, très vite, céda la place à un impérieux besoin. Un besoin ? Non, plutôt un désir — sourd, oppressant.

— Meghan ?

Surtout, éviter son regard — à tout prix !

— Oui, chuchota-t-elle en pestant intérieurement contre une volonté qui semblait l'avoir abandonnée.

Mais que faisait-elle donc dans les bras de cet homme ? Les événements s'enchaînaient, de façon incompréhensible pour elle, comme ordonnés par une puissance supérieure. Noël ! Oui, ce devait être la faute de Noël, songea-t-elle brusquement. Elle ne trouvait aucune explication raisonnable !

— Meghan, je vous en prie, regardez-moi, dit doucement Kyle.

Elle s'écarta et leva les yeux, docile.

— Vous oublierez ces blessures. Je vous le promets.

— En êtes-vous si sûr ?

— Oui. Vous devez me croire.

— Mais voyons, vous serez parti dès que la neige aura cessé de tomber...

— Je ne partirai pas avant de vous avoir fait connaître toute la féerie de Noël, murmura Kyle.

— Et pourquoi feriez-vous ça pour moi ? demanda Meghan en cherchant à lire dans son regard.

— Parce que chacun d'entre nous a droit à un Noël inoubliable, dit-il en souriant, avec une logique désarmante. Au moins une fois dans sa vie.

Il l'enlaça, la serra contre lui comme si ses bras désormais devaient la protéger de tous les chagrins. Combien de temps dura cette étreinte ? Difficile à dire. Toujours est-il qu'après avoir accueilli un étranger dans ses murs, Meghan était à présent sur le point de lui offrir son corps.

Son corps, oui, mais son cœur, lui, ne se donnerait jamais plus !

— Quelque chose me vient à l'esprit, Meghan, dit Kyle d'une voix chaude. Je crois qu'il fait bien plus froid dans votre chambre que dans le salon...

Le froid ? Alors que sa peau frissonnait de fièvre ? Elle se moquait bien du froid qu'il pouvait faire dans sa chambre !

— Je ne pourrai pas me rendormir, si je sais que vous avez froid, continua Kyle.

On entendit soudain le hurlement sournois d'une bourrasque de neige, et les carreaux, un moment, frémirent sous cet assaut. Sous la lueur vacillante de la lampe, Kyle enfin déclara :

— Il faut régler ce problème.

De nouveau, Meghan frissonna. Que voulait-il insinuer ?

Il hésita — une éternité — puis finit par suggérer :

— Nous pourrions dormir ensemble ?

4.

— En tout bien, tout honneur... Parole de Kyle Murdock !

Quelle idée insensée ! Et il s'imaginait qu'elle allait le croire ? Allons, elle n'était pas née de la dernière pluie. Non, elle ne dormirait pas dans le même lit que lui. Parole ou pas !

Sauf que sa proposition, quoique indécente, ne manquait pas de logique. Tous deux, l'un contre l'autre, résisteraient en effet bien mieux au froid. Peut-être pouvait-elle lui faire confiance.

Elle s'enveloppa des bras. Elle grelottait sous son peignoir. La température du chalet avait dû chuter de plusieurs degrés et elle était gelée, impossible de le nier.

— Qu'en pensez-vous ?

— Vous avez raison, balbutia-t-elle.

— Alors, nous dormirons côte à côte... dormirons, sans plus, reprit doucement Kyle.

Et il n'y avait rien de choquant à ça ! Elle devait, une bonne fois pour toutes, mettre son angoisse en sourdine.

— Mais je n'ai jamais songé que vous puissiez

envisager autre chose, lança-t-elle, le plus naturellement du monde... Vous venez ?

Tous deux se dirigèrent alors vers le salon ;

— Cela dit, il nous faut des couvertures supplémentaires, décida Meghan.

Tout de même, la suggestion de Kyle la paniquait un
peu. Impossible de reculer, pourtant, sauf à soupçonner
ouvertement Kyle de mauvaises intentions. Qu'avait-
elle fait, d'accepter ! De deux choses l'une : ou elle
avait perdu la tête... ou elle savait parfaitement ce
qu'elle faisait, sans vouloir l'admettre.

— Je reviens tout de suite, murmura-t-elle.

Et elle grimpa à l'étage, sans se retourner, armée
d'une simple lampe. Comment, mais comment avait-
elle pu accepter ? se répétait-elle. Il s'agissait quand
même de finir la nuit dans le même lit que Kyle Murdock ! Un étranger, songea-t-elle en attrapant dans une
armoire une couverture supplémentaire et un édredon.
Et cet éclat dans son regard, tout à l'heure, que signi-
fiait-il ? Rien, en tout cas, qui puisse la rassurer sur la
suite des événements. Allons, elle n'allait tout de
même pas succomber ? Comme si elle n'avait pas assez
souffert par le passé, comme si elle ne savait rien de
cette douleur contre laquelle le temps reste impuissant... Elle ne voulait plus tomber dans le même
piège...

Kyle, malheureusement, éveillait en elle quelque
chose qu'elle ne soupçonnait pas, jusqu'à aujourd'hui.
Quelque chose qui ne ressemblait en rien à ce qu'elle
avait vécu. Plus qu'une simple attirance... Elle n'était
pourtant pas du genre à céder aux plaisirs éphémères et
superficiels.

Un courant d'air glacial glissa soudain sur sa peau.
Meghan frissonna. Non, décidément, elle ne pourrait

rester éveillée dans un tel froid, le restant de la nuit. Et entre deux maux, elle se décida enfin... pour le moindre, songea-t-elle en souriant.

Elle redescendit les marches, une à une, posément. Dans le salon — dans *son* salon — Kyle semblait parfaitement à l'aise ; comme chez lui, en vérité ! Déjà, il avait étendu le drap — leur drap — et manifestement, n'attendait plus qu'elle.

Nerveuse, Meghan éteignit précipitamment sa lampe... pour regretter aussitôt son geste. Seul un pâle halo de lumière éclairait à présent la pièce et cette impression d'intimité la mettait mal à l'aise. Elle trouva fort heureusement à rassembler ses idées en s'appliquant à terminer leur lit improvisé. Kyle, en hôte exemplaire, s'occupa, lui, de nourrir le feu de quelques bûches supplémentaires. Puis, il dit, satisfait :

— Voilà qui nous tiendra chaud !

Sans aucun doute ! Meghan réalisa pourtant que sa seule présence suffisait amplement à la réchauffer. Renvoyée soudain à son passé, elle croisa nerveusement les bras. Elle avait été mariée trop peu de temps pour explorer la psychologie masculine. Cela dit, rien, chez Kyle Murdock, ne lui rappelait son ex-mari. La peur qu'elle éprouvait était bien différente de celle qui l'avait torturée quelques années plus tôt. Tellement différente.

Entre-temps, Kyle s'était prestement faufilé sous le drap et, couvert jusqu'à la taille, l'observait, tranquillement...

— Je ne vais pas vous mordre, dit-il, un brin moqueur, en se redressant légèrement, à moins que vous me le demandiez...

Comme Meghan rougissait, il s'empressa d'ajouter :

— Je plaisantais, voyons !

— Je sais bien, rétorqua-t-elle en tentant de faire abstraction de ce corps allongé, si proche, presque offert.

Il régnait maintenant dans la pièce une vraie intimité. De cette intimité qui préserve la chaleur des baisers des amants. Ses lèvres, quelle saveur pouvaient donc avoir les lèvres de Kyle? songea-t-elle, intriguée... Assez! Décidément, elle était incorrigible! Et à supposer qu'il ose l'embrasser, pourquoi se laisserait-elle faire?

— Détendez-vous..., murmura Kyle.

Et comment aurait-elle pu se détendre, quand le moindre geste, le moindre souffle lui coûtaient tant d'effort? Devait-elle retirer son peignoir, ou le garder? Si elle ne l'ôtait pas, il rirait sans aucun doute de cette petite lâcheté. Mais elle n'en sortirait donc jamais? Oh, et puis zut, autant se comporter normalement. Facile à dire! Ses mains refusaient obstinément de lui obéir. Impossible de dénouer la ceinture de ce maudit peignoir. Et Kyle qui ne la quittait pas des yeux! Il pourrait au moins avoir la décence de se retourner, ou de faire semblant de dormir...

Le peignoir gisait à présent sur le parquet. Meghan se félicita de porter à ce moment sa chemise de nuit préférée. Manches longues, ourlet au-dessous des genoux... un modèle des plus classiques — très sage. Et pourtant, sous le regard perçant de Kyle, il lui sembla un instant se tenir totalement nue. Dans sa poitrine retentit alors un martèlement assourdissant. L'air devint irrespirable. Si on ne lui venait pas en aide, c'est sûr, elle s'évanouirait. Et puis, soudain, Kyle s'assit, et lui tendit la main. Sans la forcer, mais avec une infinie tendresse, il l'attira à lui. Et, comme dans un rêve, elle se laissa guider, sans peur de l'inconnu, vaguement consciente d'un danger, mais totalement incapable de s'y soustraire. Elle était à présent assise, tout près de lui. Kyle souleva alors la couverture et l'invita à le rejoindre, sans la quitter des yeux.

Meghan sursauta, surprise par le crépitement soudain des flammes, dans la cheminée. Tout son être, en réalité, était à vif. Trop tendu, à bout de nerfs. Enfin, elle s'allongea à son tour, en prenant bien garde de laisser entre elle et lui une distance raisonnable — en vue d'un éventuel repli?

— Bonne nuit, parvint-elle toutefois à articuler, en lui tournant délibérément le dos.

Elle crut alors entendre un rire furtif, vaguement moqueur. Peut-être l'effet de son imagination?

— Meghan?

— Oui, répondit-elle en faisant mine d'étouffer un bâillement.

— Venez contre moi. Rappelez-vous, nous avons promis de nous tenir mutuellement chaud.

Comme elle ne bougeait pas d'un centimètre, il se glissa tout contre elle et enlaça tendrement sa taille. Meghan sentait très nettement la fermeté de ce corps contre ses épaules, contre son dos. Elle devait sans tarder reprendre son souffle, oublier le contact rêche du jean de Kyle contre ses jambes nues, la douceur de son torse et surtout... surtout, cette main qui, maintenant, s'attardait sur ses hanches, s'égarait imperceptiblement vers sa poitrine.

Et, soudain, le peu de raison qui s'indignait encore au fond d'elle capitula. Meghan n'éprouva plus que le désir de succomber, de prolonger encore ce contact. Et tant pis pour les conséquences...

Elle tenta d'étouffer un gémissement, en se mordant cruellement la lèvre. Kyle Murdock serait bientôt loin.

Et une fois de plus, elle souffrirait, seule... Oui, tous les Noëls se ressemblaient. Tristes et désespérants. Quoi qu'en dise Kyle! Jamais, il ne pourrait tenir sa promesse; ses Noëls à elle étaient définitivement maudits. Comme ses rencontres!

Kyle observait Meghan, tout emmitouflée dans les draps froissés. Elle semblait reposée. Contrairement à lui, qui avait passé le reste de la nuit éveillé. Des heures entières à la tenir enlacée, à ressasser sans cesse sa promesse pour mieux résister à ses pulsions. Il n'avait pu trouver le sommeil.

— C'est l'heure du petit déjeuner? chuchota Meghan, à moitié endormie.

Il aimait le son de sa voix, cette sensualité avec laquelle elle prononçait son nom.

— Kyle?

Il se demanda un instant combien de prénoms Meghan — une Meghan amoureuse — avait pu murmurer.

— Oui, d'un succulent petit déjeuner, répondit-il, cachant sa soudaine contrariété.

— Comme j'ai faim! s'exclama la jeune femme.

Elle saisit son peignoir et le noua aussitôt, en tirant fermement sur la ceinture. Damné peignoir, qu'il aurait volontiers retiré. Pour défaire, ensuite, cette chemise de nuit. Mais non. Il ne fallait même pas y songer. Il se comporterait en gentleman, jusqu'au bout. Il avait donné sa parole... Et Dieu sait combien cette promesse-là lui avait pesé, cette nuit. Une nuit de tentation, épuisante et frustrante. Le souvenir de Meghan endormie le hantait encore. Son corps, plaqué contre le sien, tendu par le désir, ses cheveux épars, sur son torse. Puis, elle s'était blottie contre lui, en un mouvement d'abandon et de confiance absolue. Sa chemise de nuit, alors, avait glissé, dévoilant ses jambes, ses cuisses... Mais il avait tenu bon, et résisté. En se concentrant sur l'autre promesse faite à Meghan. Oui, il lui apprendrait à croire en la magie de Noël! Comment? Il n'en savait encore rien. Une chose après l'autre, se dit-il soudain, en reprenant le chemin de la cuisine.

Déjà, Meghan l'avait rejoint, et avec elle, une langoureuse onde de chaleur s'insinua dans la pièce glaciale. Aussitôt, Tempête alla pleurnicher auprès de sa maîtresse. Pourtant, jugeant que Meghan ne lui manifestait pas assez d'attentions, le chien décida de quémander son pesant de caresses à Kyle.

— Tiens, tiens! Tempête me fait des infidélités, plaisanta Meghan.

— Je pense plutôt qu'il veille à ce que je prépare un bon petit déjeuner à sa maîtresse.

Flattée, semble-t-il, par cette remarque, elle demanda, tendrement:

— Avez-vous bien dormi?

— Très mal!

— Trop froid?

Trop chaud, au contraire; bien trop chaud..., pensa Kyle. Craignant soudain que ses yeux ne le trahissent, il détourna le regard et s'absorba avec le plus grand sérieux à la cuisson d'une omelette — l'une de ses grandes spécialités!

— Pas mal du tout, s'exclama Meghan, admirative.

— Merci! Malheureusement, mes talents de cuisinier s'arrêtent là.

Elle sourit, de ce sourire qui, dès le début de leur rencontre, avait bouleversé Kyle. Lui, le séducteur, était littéralement tombé sous le charme. Pour la première fois de sa vie, une femme l'intimidait, l'intriguait. Et il en perdait tous ses moyens. Il n'avait rien osé cette nuit, rien tenté... Et cela, finalement, lui importait peu, du moment qu'elle semblait heureuse.

Dans peu de temps, il enfourcherait sa Harley, et rejoindrait Chicago. A condition que le temps se montre plus clément. Car dehors, la neige tombait encore en gros flocons serrés, balayés par de violentes rafales de vent. A peine percevait-on le pâle éclat du soleil que masquaient des nuages bas et épais. Oppressant, ce temps était oppressant. Ce temps et tout le reste, songea Kyle, soudain gagné par l'angoisse.

— J'ai une faim de loup, confia Meghan.

— Juste un petit moment ! J'ai mis de l'eau à bouillir, pour le thé. Et si ça vous dit, j'ai aussi pressé quelques oranges. Au fait, j'ai transféré tout le contenu de votre réfrigérateur dans la remise. A cause de la panne d'électricité. Il y fait suffisamment froid pour conserver des aliments.

En fait, il s'était agité, avec frénésie, depuis l'aube. Tout cela pour ne plus la regarder dormir, pour ne plus entendre sa respiration. Il était même sorti, par ce froid sibérien, pour dégager sa moto et l'avait poussée péniblement jusqu'au garage. Il en avait alors profité pour récupérer quelques vêtements propres, roulés en boule dans sa sacoche. Enfin, il avait passé dix bonnes minutes sous une douche bien froide, s'estimant un peu trop agité. Une façon de remettre ses idées en place... Totalement inefficace, semblait-il...

En tout cas, Meghan paraissait satisfaite. Et c'était bien là l'essentiel.

— Mais vous en faites trop, Kyle !

Non, il n'en ferait jamais assez pour elle.

— Je crois que je ne vais plus vous laisser partir, ajouta-t-elle, en le taquinant.

Et s'il la prenait au mot ? S'il restait, après tout ? Il la dévisagea alors avec une telle intensité qu'elle recula, comme si elle comprenait — mais un peu tard — l'impact qu'avait pu avoir sa plaisanterie innocente. Elle se reprit pourtant et commença à s'agiter, attrapant ici des tasses, là quelques couverts... Surtout, qu'elle ne s'avise pas de l'effleurer. Il ne pourrait indéfiniment garder son self-control.

— Ça ne s'arrange pas, dit Meghan en regardant par la fenêtre, je crois que c'est encore pire qu'hier.

Kyle ne répondit pas. Il ne songeait qu'à une chose pour l'instant : étouffer le feu qui couvait en lui. Car Meghan méritait bien mieux que du désir. Elle méritait qu'il tienne parole et ne la déçoive pas. Donc, il ne la toucherait pas, ne l'enlacerait pas. Ni ne l'embrasserait.

— Je crains que vous soyez encore bloqué ici, murmura Meghan.

Elle tremblait, ses gestes n'étaient guère sûrs. Kyle en fut réconforté. Il n'était donc pas le seul à se trouver dans un tel état de déroute.

— Rien ne vous empêche de me mettre dehors, lança-t-il.

Elle réagit à cette éventualité avec une spontanéité touchante :

— C'est hors de question. Vous resterez ici jusqu'à ce que les routes soient praticables.

D'ici là, il serait probablement mort de désir. En attendant, tous deux devaient se restaurer. Avec une adresse certaine, Kyle fit glisser dans leurs deux assiettes une part copieuse d'omelette. Puis, après avoir consciencieusement versé une eau frémissante sur le sachet de thé de Meghan, il s'assit à la petite table.

Ils savouraient paisiblement leur petit déjeuner, en discutant de choses et d'autres, quand, brusquement, elle leva les yeux sur lui. Aussitôt, Kyle, par intuition, comprit qu'un interrogatoire allait suivre. Il ne se trompait pas.

— Quelle est votre destination ?

— Chicago.

Voilà qui était bien abrupt. Il se rendait à Chicago, soit, mais plus précisément, chez lui... En fait, il parlait toujours comme s'il ignorait les expressions « chez moi » ou « ma maison ».

— Et d'où veniez-vous ?

Il haussa les épaules. Cela n'avait guère d'intérêt. Mais bon, puisqu'elle semblait y tenir.

— De Californie.

Pour seul commentaire, Meghan repoussa son assiette. Elle n'avait fait que picorer sa part d'omelette. Petite nature. Pas étonnant qu'elle soit si frêle. Oui, il était grand temps que quelqu'un veille sur elle. Et non, ce ne serait pas lui. Son avenir était déjà planifié, décidé, réglé.

Meghan ne le quittait pas des yeux à présent. D'un naturel curieux, elle trouvait Kyle bien discret — secret ?

— Cela vous arrive souvent de faire des escapades à moto en plein hiver ? demanda-t-elle en manipulant nerveusement sa cuillère.

Comme il tardait à répondre, elle se décida alors à l'interpeller de manière plus directe :

— Vous fuyez quelqu'un ? Vous vous cachez ?

Kyle réagit comme à un petit électrochoc, en tressaillant. Mais il ne s'en tirerait pas ainsi. Elle l'avait accueilli, chez elle, en toute confiance, et la moindre des choses, c'était qu'il lui manifeste à son tour la même confiance. Désolée pour son franc-parler, mais elle n'avait pas pour habitude de mâcher ses mots.

— Vous n'y allez pas par quatre chemins, dit Kyle, impressionné.

Lorsqu'il avait fait part à son père de son intention de partir sur les routes un mois entier, celui-ci avait fort mal pris la chose. Une fois de plus, il s'était permis de critiquer son fils, avec un mépris non dissimulé.

Finalement, s'il y réfléchissait bien, il n'y avait guère que cette chère Pamela pour se soucier de lui, pour l'aimer tel qu'il était, sans condition. A plusieurs reprises, elle lui avait rappelé que les enfants, comme toute la famille, comptaient bien sur sa présence au matin de Noël. Et cet amour-là, franchement, n'avait pas de prix... Meghan ? Elle le fixait encore, attendait patiemment une réponse. Et c'est vrai, qu'après tout, elle ignorait tout de lui. Ce qui ne l'avait pas empêchée de lui offrir l'hospitalité. Non, il ne devait pas se montrer ingrat. Ni blessant.

— Je fuyais, murmura-t-il enfin, sans oser la regarder en face.

— J'hébergerais donc un criminel ?

Il admira sa réaction, car elle avait parlé sans crainte, adoptant au contraire le ton de la plaisanterie.

— Non, rassurez-vous !

— Je ne suis pas vraiment inquiète ! En revanche, je me demande ce que vous pouvez bien fuir — ou qui ?

— Ma vie, tout simplement, avoua-t-il, mal à l'aise, avant de se lever, excédé.

5.

Meghan ne fit pas un geste. N'avait-elle pas poussé la curiosité un peu loin ? A croire que oui, car Kyle, déjà, avait enfilé son blouson et s'apprêtait à chausser ses bottes de cuir. Sans aucune colère apparente, mais totalement silencieux.

— Je ne voulais pas être indiscrète, dit-elle, embarrassée.

Pas un mot ! Kyle restait imperturbable. Elle eut soudain le sentiment de ne plus exister. Mais qu'est-ce qui lui avait pris de le soumettre ainsi à la question ? Car elle se fichait bien des raisons de sa fuite. Ce qu'elle refusait, c'est qu'il reprenne la route par ce temps. Devait-elle pour cela se confondre en plates excuses ?

— Kyle ?

Il ne dit rien et ouvrit doucement la porte. Une rafale de vent s'engouffra dans la cuisine. La seconde d'après, il disparaissait. Un froid glacial s'empara alors de Meghan qui, aussitôt, se précipita vers la fenêtre. Fouetté par la neige et le vent, Kyle s'efforçait de dégager l'allée devant la remise, à grands coups de pelle. Avec quel acharnement, quelle force... Celle-là même qui, tout d'abord, l'avait intimidée. Jusqu'à cette nuit du moins, quand cette force avait laissé place à une infinie tendresse. Il s'était alors montré si doux, si rassurant. Contre son corps, elle avait soudain tout oublié de ses angoisses, de ses réticences. Et maintenant... maintenant, elle se retrouvait seule, de nouveau.

Et le délicieux sourire de son petit ange Lexie n'y changerait rien...

— Tu vois, Lexie. J'ai tout gâché. M. Murdock n'a pas apprécié ma curiosité...

Mais ce n'était plus la curiosité qui, à présent, l'attirait irrémédiablement vers la fenêtre. Dehors, Kyle ne cessait de s'affairer. Et ce qui devait arriver...

Aspen, son bon vieux cheval, généralement si pacifique, surgit de son box aménagé près de la remise, et se cabra, de toute évidence effrayé par le manège de cet étranger.

Surpris, Kyle leva les bras pour se protéger d'un éventuel coup de sabots. C'est à ce moment qu'il trébucha avant de chuter lourdement sur le sol.

Sans réfléchir, Meghan se précipita vers la porte, chaussa en vitesse ses bottes et serra plus fermement son peignoir. Sitôt dehors, elle crut ne pas pouvoir avancer, tant le vent soufflait. Elle aperçut Aspen qui, fort heureusement, s'était éloigné de Kyle.

— Kyle !

Rien. Aucune réponse. Il ne bougeait pas, comme si... Soudain, une peur panique l'envahit, d'autant que les éléments, cruels, s'acharnaient contre elle. Si elle restait trop longtemps dehors, elle gèlerait sur place.

— Kyle ! cria-t-elle, une nouvelle fois.

Seul le sifflement lugubre du vent se fit entendre. Et le martèlement de la porte du box qui battait. Cela faisait déjà un moment qu'elle devait faire réparer cette porte ! Une impardonnable négligence. Mon Dieu, si un malheur était arrivé... à cause d'elle. Elle ne pourrait jamais se le pardonner !

Tant bien que mal, craignant à tout moment de perdre l'équilibre, elle parvint enfin au côté de Kyle. Elle s'agenouilla et, comme il faisait mine de se redresser, elle s'écria, affolée :

— Surtout, ne bougez pas !

— Rentrez. Immédiatement, chuchota-t-il, visiblement éprouvé.

Ah non, elle n'allait pas l'abandonner là !

— Où avez-vous mal, exactement ?

— Meghan, je vous en prie ! Vous allez prendre froid...

— Taisez-vous !

Elle n'était pas du genre soumis. Qu'il se le dise.

— Que vous êtes têtue !

— Où êtes-vous blessé ? demanda-t-elle de nouveau, s'efforçant de repérer une plaie.

— Nulle part, j'ai juste pris un mauvais coup sur la tête.

Elle inspecta alors son crâne, avec douceur. Et ses doigts ne tardèrent pas à rencontrer une belle bosse. Mais, heureusement, pas de plaie ouverte.

— S'il vous plaît, Meghan, aidez-moi à m'asseoir.

Etait-ce bien prudent ? Pourtant, il n'allait pas rester allongé là, par terre, dans la neige. Elle devait au plus tôt l'emmener au chaud. Elle l'aida alors à se remettre sur pieds. Avec précaution. Indifférente au froid qui la transperçait. En revanche, elle remarqua tout de suite les blessures, à la main.

— Mais d'où sort ce cheval ?

— Aspen ? Habituellement, il est d'un tempérament plutôt doux, répondit Meghan.

— Oui... aussi doux qu'un rugbyman, plaisanta Kyle.

— Pardonnez-moi. J'aurais dû vous avertir pour la porte du box.

— Non, c'est ma faute. Ce matin, j'avais remarqué qu'elle fermait mal. Il faudra que j'arrange ça...

Comme il était pâle ! Ils devaient absolument rentrer, et vite.

— Mettez votre bras sur mon épaule. Je vais vous aider.

Plus facile à dire qu'à faire. Au premier pas, Kyle laissa en effet échapper un gémissement. Elle le serra alors plus fermement par la taille et avança tout doucement.

— Mon ange...

Avait-elle bien entendu ? Elle reprit son souffle. Mon ange, mon ange... Ce n'était vraiment pas le moment de se laisser aller à des rêveries de midinette. Un peu sèche, elle déclara :

— Si nous ne nous dépêchons pas de rentrer, nous n'allons pas tarder à les rejoindre... les anges.

Enfin, au chaud ! Meghan claqua la porte de la cuisine et aida Kyle à s'asseoir. Elle grelottait. La peur autant que le froid, songea-t-elle. Mais il était temps de s'occuper du blessé. En espérant qu'il puisse se passer de médecin. Car ses compétences en matière de premiers secours laissaient à désirer.

Kyle ôta son blouson, en grimaçant.

— Pas d'effort inutile ! Laissez-moi retirer vos bottes, dit-elle en s'agenouillant.

— Ah, je me sens bien mieux, à présent.

— Montrez-moi votre main.

— Mais non, ce n'est rien.

— Je vous en prie. Faites-moi plaisir !

— Il n'y a rien que je désire autant, chère madame, plaisanta-t-il.

Ils échangèrent un regard, aussi furtif qu'intense. Meghan ne se laissa pourtant pas distraire. Elle l'abandonna un petit moment, et revint vers lui, avec du coton, des compresses et un bol d'eau. Elle se plongea aussitôt dans l'examen de sa main meurtrie. Avec une infinie délicatesse, elle nettoya ses doigts, un à un. Bien peu de chose — sur le plan strictement médical, s'entend. Sauf qu'une infirmière ne se serait pas laissée si facilement troubler par ses patients. Une bonne infirmière aurait su garder son sang-froid.

Et alors? De toutes façons, d'ici à quelques heures, il serait loin. Et elle ne le reverrait jamais plus. Pourquoi se priver d'être attentionnée? Il avait éveillé en elle des émotions si douces...

Tout à ses pensées, elle ne réalisa pas qu'elle tenait un peu trop fort la main de Kyle. Il tressaillit.

— Excusez-moi, dit-elle, confuse. Là, c'est mieux, comme ça?

— C'est parfait.

— Vous êtes sûr que vous n'avez pas mal ailleurs?

— Si! Ma fierté. Elle en a pris un coup.

Meghan sourit, et soudain, elle fut frappée par sa beauté. Une beauté sans artifices, presque arrogante. Elle rougit alors en repensant à la nuit passée, à cette intimité... comment dire? une intimité presque amoureuse, oui...

— Merci infiniment, dit Kyle.

Elle leva les yeux et tous deux se regardèrent alors fixement, comme pour mieux pénétrer les secrets de l'autre. Meghan interrompit pourtant brusquement ce face-à-face, décelant dans le regard bleu de Kyle une tension dont sa féminité s'effraya.

— Comment va votre tête? murmura-t-elle en priant tous les dieux de lui venir en aide.

— Ne vous en faites pas pour elle. Elle en a vu d'autres.

Il semblait avoir recouvré toutes ses forces, toute sa lucidité. Toujours assis, il saisit brusquement les mains de Meghan, et l'attira contre lui, sans la quitter des yeux. Il était encore temps pour elle de résister... Mais déjà, il avait emprisonné son visage et se penchait vers elle. En un éclair, elle songea alors à ces dernières années, à ce vide absolu de sentiment, de chaleur humaine. A sa solitude.

— Vous êtes gelée, chuchota-t-il.

— L'émotion, probablement.

— Non, vous êtes gelée... par ma faute!

Oh, elle ne le resterait pas longtemps. Une vague de chaleur étouffante la submergea.

— Je suis extrêmement touché par ce que vous avez fait pour moi, Meghan. Je suis extrêmement touché...

Il ne finit pas sa phrase et posa tendrement ses lèvres sur les siennes. Elle pria pour que ce baiser ne cesse jamais. Mais sa bouche, déjà, s'écartait de la sienne. Et ce fut comme un déchirement. Elle comprit alors qu'elle ne lui opposerait plus de résistance... plus jamais. Kyle se leva et, dans ses bras, elle n'éprouva plus soudain que la douleur d'un désir violent. Impatient. Son corps n'était plus que plainte.

— Meghan...

Il prononça son nom, comme une prière. Et dans sa voix, elle reconnut l'écho désespéré et brûlant de son propre désir. Oui, il la désirait; autant qu'elle le désirait. Alors, sans plus de peur, sans plus d'angoisse, elle chercha sa peau. Ses doigts se perdirent un moment sur son torse, puis bientôt s'égarèrent sur sa nuque. Kyle l'enlaça, mieux, l'emprisonna tout contre lui. Une prison dorée, un havre de paix et de sérénité. Une seconde fois, il approcha ses lèvres. Et de nouveau, elle succomba.

Ce baiser fut plus fougueux, plus suggestif. Ne fallait-il pas, tout de même, qu'elle se méfie, qu'elle interrompe ce manège amoureux ? Que se passerait-il... après ?

Après ? Meghan n'envisageait même pas un après. Et lorsque la main de Kyle s'attarda sur ses reins, elle ne le repoussa pas. Au contraire, elle répondit avec plus d'ardeur encore à son baiser. Sans pudeur. Puis, leurs lèvres se séparèrent et Meghan, à bout de souffle, réalisa soudain qu'elle ne s'était jamais comportée de cette manière.

Qui était-elle, au fond ?

Cette femme, lasse et déçue, vivant retranchée, à l'écart des autres... des hommes ?

Ou bien l'autre, la femme, sensuelle et passionnée ? Celle qui en avait assez de cette solitude. Qui adorait que Kyle soit là !

Evidemment, elle ne se serait jamais attendue à tomber dans les bras de ce genre d'homme. Et pour tout dire, il continuait de l'impressionner avec ses manières, ses secrets... Ainsi, que pensait-il donc d'elle, en ce moment ? Ne la jugeait-il pas légère, peut-être même impudique ?

Effrayée soudain à cette idée, elle se dégagea doucement des bras de Kyle, puis recula. Avant de tourner les talons et d'aller se réfugier ailleurs.

— Bien, murmura Lexie. Il semble que les choses se précisent.

— Je le crois aussi, répondit Aggie, satisfaite en effet de la tournure des événements.

Les deux anges jetèrent un rapide coup d'œil à l'horloge.

— Exactement dans les temps...

— Oui. Mais la neige faiblit.

— Ne vous inquiétez pas, mon amie. Je vais faire le nécessaire pour déclencher une seconde tempête !

— Très bien ! Mais, au fait, la chute de mon petit Kyle, était-ce bien nécessaire ? Il s'est réellement fait mal.

— Je pense plutôt qu'il a voulu le faire croire...

— Je l'espère, dit tendrement Aggie. Mais je suis inquiète. Et si... et si notre complot échouait ? Où est donc passée Meghan à présent ?

Kyle passa machinalement la main dans ses cheveux. Aïe ! Maudite bosse. Oui, voilà, ce devait être ça... il n'avait plus toute sa tête ! Sinon, comment expliquer qu'il se soit comporté ainsi ? Pourquoi l'avoir embrassée ? Et l'avoir caressée ?

Tout ce qu'il pouvait dire, c'est qu'en sa présence, il perdait tous ses moyens. Et toutes ses bonnes manières. Elle l'avait accueilli, certainement sauvé d'une mort horrible... Et c'est tout ce qu'il avait trouvé à faire pour la remercier...

Non, c'était autre chose ! Soit, Meghan Carroll était une femme extrêmement désirable.

Et alors ? Il y a à peine un mois, à l'occasion d'une soirée, il avait croisé une bonne dizaine de femmes tout aussi désirables. Et il n'en avait embrassé aucune ! Alors, pourquoi ce baiser ?

Et s'il partait ? S'il enfourchait sa moto et disparaissait ?

Maintenant? Un rapide regard par la fenêtre suffit à le dissuader. De nouveau, un épais rideau de neige voilait l'horizon. Non, impossible de fuir. Et puis, il devait une explication à Meghan. Même s'il avait horreur des explications, même s'il détestait parler de lui. Il s'était montré plutôt agressif envers elle, ce matin. Et elle ne méritait pas ça. Oui, il allait lui parler, en toute franchise.

Machinalement, Kyle mit un peu d'ordre dans la cuisine. Les compresses, le linge humide... Elle s'était si bien occupée de lui. Comme elle devait s'occuper de son vieux cheval. De son chalet. Et de ses anges...

Les anges! Il s'empara de la statuette, celle que Meghan préférait et repensa à sa grand-mère. Elle lui manquait tant.

Et Meghan? Il avait eu beaucoup de chance de la trouver sur sa route. Mais que faisait-elle, à l'étage? Il percevait son pas, dans la chambre... ou peut-être dans l'atelier.

Il éprouva soudain le besoin de lui parler, mais se ravisa aussitôt. Elle venait en effet de le quitter en lui lançant un regard de petit animal farouche. Teinté de méfiance. Elle semblait... fâchée.

Mais non, « fâchée » n'était pas le terme exact. Sa façon de se dérober ne trahissait-elle pas plutôt une réelle émotion? Car elle ne l'avait pas repoussé, et leur étreinte, c'était évident, ne l'avait pas laissée indifférente. Il y a des vérités que le corps ne peut nier...

Inattendu! Tout cela était tellement inattendu, songea Kyle. Inespéré.

Décidément, Noël réservait bien des surprises. Comme celle de mettre un terme à sa solitude. Et à celle de Meghan. Oui, tous deux étaient faits pour se rencontrer. Et s'aimer. Il en était convaincu, à présent.

Restait à le faire entendre à Meghan... Avec tact. Sans précipitation. Car tout allait peut-être un peu vite, pour elle. Meghan avait besoin de temps. Et d'aide.

Lentement, Kyle se dirigea vers le salon. Il s'accroupit devant la cheminée et laissa son esprit vagabonder, à la lueur des flammes agonisantes. Meghan... Son sourire, sa moue. Sa volupté, sa vulnérabilité. Jamais aucune femme n'avait déclenché en lui un tel chaos d'émotions. Il voulait être l'homme qui veille sur elle. Il voulait la protéger. La posséder. Il la voulait, oui, tout simplement. Et il avait le plus grand mal à tempérer cette frénésie de désirs.

En fait, tôt ce matin, il n'avait fait que tenter de nier cet état de fait, par toutes sortes de subterfuges.

Il était sorti, dans le froid glacial, pour s'attaquer à la neige qui encombrait les allées. Il avait ensuite dégagé et poussé sa Harley, jusqu'au garage. Puis, il avait transféré le contenu du réfrigérateur, procédé à une rapide inspection des tuyauteries. Enfin, il s'était occupé de préparer le petit déjeuner. Jamais, non jamais, il ne s'était comporté ainsi. Comme un homme qui prend soin de son toit, comme... un père de famille. Et, contre toute attente, il avait trouvé l'expérience agréable. Presque... naturelle.

Mais pourquoi ne redescendait-elle pas? se demanda-t-il, soudain, tout en rajoutant une bûche dans la cheminée. Pour combien de temps s'était-elle isolée?

Incapable de tenir en place, Kyle jugea préférable de s'occuper. Le temps de chausser ses bottes, d'enfiler son blouson et, déjà, il était dehors.

Il parcourut l'allée menant à la remise avec une prudence excessive. Pas question de se casser la figure, une seconde fois. Cela dit, il lui semblait que la neige tombait tout de même moins épaisse. En tout cas, le ciel était moins lourd. D'ici à quelques heures, le soleil brillerait. Et cette tempête ne resterait plus dans les mémoires que comme un caprice de la météo.

Il s'arrêta et regarda brusquement vers le chalet. Meghan se tenait à la fenêtre et l'observait. Elle agita même la main, pour le saluer. Il eut juste le temps de répondre à son salut. La seconde d'après, elle avait disparu.

Il décida alors d'examiner de plus près la porte du box. En effet, elle ne tenait plus que par miracle à ses charnières. Il fallait faire quelque chose. Un instant, il s'inquiéta de voir le cheval de Meghan resurgir. Mais, *a priori*, l'animal n'était pas dans les parages. Kyle fouilla un peu partout, puis finit par dénicher une boîte à outils, du moins le nécessaire — vis, tournevis, charnières neuves — pour réparer la porte.

Près d'une heure plus tard, le vent tombait. Les flocons se firent de plus en plus rares et cédèrent bientôt la place à un rayon de soleil. Le paysage connut alors un peu de répit. Kyle, lui, s'agitait toujours. Il lui restait encore une bonne demi-douzaine de clous à scier pour en finir. D'autant qu'Aspen était réapparu et semblait impatient de rejoindre son box.

Il chercha un moment une scie à métaux. Rien. Tant pis, un marteau ferait parfaitement l'affaire. Il empoigna alors le manche de bois, soupesa et observa sous toutes les coutures ce marteau pourtant banal. Bientôt, il n'aurait plus guère le loisir de travailler de ses mains, de bâtir, de créer. Parce que quelqu'un avait décidé de son avenir, il rejoindrait la troupe des simples bricoleurs du dimanche.

A cette idée, Kyle ne put se retenir de jurer.

N'avait-il pas décidé de cette escapade pour se changer les idées? Il ne servait à rien de ressasser. Le marteau bien en main, il commença alors à frapper. A frapper encore. Et à défouler sa rage. S'il devait finir en bureaucrate et laisser ses talents de bâtisseur aux oubliettes, qu'il se montre une dernière fois à la hauteur, en faisant plaisir à cet ange que le hasard avait mis sur sa route. Et Dieu sait que Meghan semblait avoir reçu peu de cadeaux au cours de sa vie. Une porte remise en état, cela n'avait rien de bien magique, mais elle apprécierait, sans aucun doute.

6.

Qu'il aille au diable !

Incapable de penser, aussi fébrile qu'une adolescente en proie à ses premiers émois, Meghan pestait intérieurement contre Kyle Murdock. Lui reprochant d'avoir déboulé dans sa vie comme un ouragan, dévastateur.

Elle devait recouvrer son calme, au plus vite. Respirer un bon coup et prendre du recul. Au lieu de ça, elle s'approcha de la fenêtre. De nouveau. Car, en quelques heures, elle avait dû s'y aventurer plus de cent fois. Tout en se l'interdisant, d'ailleurs...

Elle regardait, malgré tout, et toujours en direction de la remise. Mais point de Kyle ! Kyle. Elle s'était presque tordu le cou à épier le moindre de ses mouvements. Quelle bonne idée de réparer la porte du box ! Manifestement, il trouvait du plaisir à ce genre de travaux. En fait, il se donnait véritablement à fond — comme en tout, probablement. Au point que, malgré le froid, il s'était même débarrassé de son blouson.

Un moment, elle avait craint le pire quand, de retour de sa petite fugue, Aspen s'était soudain avancé, droit sur l'intrus. En apercevant l'animal, Kyle, avec un calme admirable, avait tout simplement interrompu son travail. Parfaitement immobile, bien campé sur ses jambes, il avait attendu. Le cheval, d'abord hésitant, s'était enfin approché et l'avait reniflé, comme pour s'assurer de ses intentions. Apparemment rassuré, Aspen l'avait ensuite gentiment bousculé, quémandant semble-t-il une gourmandise à son tout nouvel ami. Et Kyle, tout naturellement, l'avait alors caressé. Oui, Aspen, sans aucun doute, était conquis — lui aussi ?

Meghan repensait à la scène quand Tempête vint se rappeler à son bon souvenir. Jaloux ? Peut-être bien, se dit-elle. Elle s'éloigna alors de la fenêtre et, sans pour autant parvenir à détourner ses pensées de Kyle, s'efforça de ranimer le feu. Machinalement, elle rajouta une bûche dans la cheminée. Peu frileuse, elle se contentait généralement de ces flambées, mais, aujourd'hui, elle ne parvenait pas à se réchauffer. Elle était pourtant chaudement vêtue... En fait, elle grelottait depuis qu'elle était montée à l'étage... loin de Kyle, de ses bras, de ses lèvres. Ce baiser, elle n'aurait jamais dû l'accepter. Car il en entraînerait forcément un autre. Et un autre, encore, jusqu'à...

Ballottée entre rejet et désir, Meghan tenta de tromper sa frustration en reprenant son travail. Elle avisa l'ange d'argile qu'elle s'efforçait de peindre. Quelque chose clochait. Le rose sur les joues choquait le regard. Trop foncé. Et les sourcils ! Eux aussi étaient ratés ; trop épais, trop rapprochés. Cet ange-là affichait un air renfrogné. Par mimétisme, songea-t-elle soudain ? « Allons, voilà à présent que je transfère sur mes sculptures mes propres émotions ! C'est bien la première fois ». Kyle était arrivé au chalet depuis vingt-quatre heures à peine et tout son univers s'en trouvait déjà chamboulé. Jusqu'à son inspiration d'artiste. Une inspiration qui, à cette heure, l'avait d'ailleurs totalement abandonnée.

Etait-ce une raison pour rester sans rien faire ? Surtout pas. Tiens, un peu de musique la distrairait. Meghan chaussa sans plus entendre les écouteurs de sa chaîne stéréo et alluma la radio. Puis, éprouvant le besoin d'occuper ses mains, elle décida de confectionner quelques petits nœuds de satin. L'accessoire décorait chacune de ses sculptures et elle en aurait donc l'utilité. Plus tard. Quant à sculpter, ça n'était vraiment pas le moment.

Meghan sursauta. Tempête se retourna brusquement vers la porte. Oui, on avait frappé. Deux petits coups furtifs, de nouveau.

— Meghan ?

Son cœur s'emballa. Personne, jamais personne, n'avait pénétré dans son atelier. Et Kyle ? Il ne ferait pas exception à cette règle.

— Juste une minute, je vous en prie, lança-t-il.

Il poussa alors la porte, lentement, et fit un pas, puis deux, empiétant sur son territoire, forçant le secret de son sanctuaire. Meghan retira nerveusement son casque qui crachait à ce moment quelques notes d'une musique trop rapide.

— Nous devons parler, ajouta Kyle.

Elle le regarda, affectant un air détaché. Un air qui ne lui ressemblait pas. Elle se redressa sur son fauteuil et, sans le quitter des yeux, adopta instinctivement une position presque fœtale. Crainte de Kyle, peur d'elle-même ? Elle n'osa se décider pour l'une ou l'autre option.

— Je ne m'excuserai pas de vous avoir embrassée. Voilà ! Je n'ai rien d'un hypocrite et sachez que je ne désire que... vous embrasser encore.

Fascinée, Meghan observait les yeux de Kyle dont le bleu, à cet instant, se teintait des nuances du crépuscule.

— Kyle, je vous en prie.

Il ne l'écoutait pas. Et déjà, ses mains caressaient son visage.

— Par contre, murmura-t-il, je crois vous devoir une explication à propos de mon comportement de ce matin.

— Vous ne me devez rien. Vous êtes mon invité. Et je n'ai pas le droit de me montrer indiscrète.

— Si, Meghan ! Vous en avez le droit. Je suis désormais bien plus qu'un simple invité.

Kyle s'éloigna et se dirigea vers la fenêtre.

— Non, vous n'êtes rien d'autre, insista Meghan.

Un mensonge de plus. Un mensonge destiné à Kyle, ou à elle-même ? Peu importe, du moment qu'elle pouvait espérer retrouver le cours d'une vie... normale. Alors, elle ajouta :

— Un baiser ne signifie pas grand-chose !

La réaction de Kyle ne se fit pas attendre. Il se retourna brusquement vers elle et, la regardant droit dans les yeux, lui jeta, visiblement à bout de nerfs :

— Ne signifie pas grand-chose ?

Meghan fut incapable de prononcer le moindre mot. Alors, railleur, il ajouta :

— Vous n'embrassez pas tous les hommes que vous croisez, je suppose ?

Pour qui la prenait-il ? Décidément, cette conversation menaçait de déraper.

— Et lorsque vous en embrassez un, le faites-vous toujours avec autant de... ferveur ? J'en doute...

Insupportable. Ce ton devenait insupportable. Et implacable. Kyle n'avait pas bougé d'un pouce, chose dont Meghan lui fut infiniment reconnaissante. Cette distance entre eux deux lui permettait de garder un peu de son sang-froid. Car s'il s'était approché, s'il l'avait enlacée, alors elle n'aurait pas fui, comme elle l'avait fait, un peu plus tôt. Non, elle ne fuirait plus. Ni lui ni ses questions.

— Il ne doit pas y avoir le moindre mensonge, entre nous.

Nous. Il avait prononcé ce mot sur un ton péremptoire. A moins qu'elle l'ait rêvé. Qu'entendait-il donc par « nous » ? Elle pensa un moment rétorquer que ce « nous » n'était que pure chimère, mais se ravisa, lasse de ces mensonges. A quoi servait de mentir encore ? Il partirait, bientôt. Alors, en repensant à lui, elle regretterait de n'avoir pas su — pas pu — laisser parler son cœur. Oui, mais pour l'heure, pour un petit bout d'éternité, grâce à la complicité de l'hiver et de la neige, ils étaient ensemble... Et cela comptait plus que tout ! Non pas qu'elle ressente le besoin d'une brève aventure, ça n'était pas son genre. Grâce à Kyle, elle entrevoyait enfin une brèche à sa solitude, cette compagne fidèle et lugubre.

— Je suis désolé, pour ce matin.

— Oublions ça ! C'est ma faute. En principe, je ne me mêle jamais des affaires des autres.

— Là n'est pas le problème. En fait, à travers votre question, c'est ma faiblesse que je n'ai pas supportée.

Il paraissait soulagé de parler. Même si cet aveu devait écorner son orgueil. Il poursuivit, en chuchotant presque, cette fois :

— Je hais le mensonge. Et pourtant, en fuyant ainsi sur les routes, je ne cesse de me mentir à moi-même. Vous aviez raison.

Meghan lut dans son regard l'ombre d'une détresse accablante. Kyle, de toute évidence, souffrait de son impuissance à résoudre un conflit qui le dépassait. Il hésita un moment, puis ajouta :

— Mon père est Miles Murdock.

— De *Murdock Enterprises*, à Chicago ?

— Exactement ! Vous connaissez ?

— Oh, mes parents possèdent quelques actions.

— Eh bien, Miles a pris la décision de se retirer, dès la fin de l'année.

Miles ? Oui, il avait bien dit Miles. Ni Père, ou Papa.

— Je suis son successeur, voilà tout, lâcha-t-il alors sur un ton désabusé.

— Et cela ne vous enchante pas, conclut Meghan. Pourquoi avoir accepté, dans ce cas ? Pourquoi rejoindre Chicago ?

— Mais je ne peux pas refuser.

— Vous ne pouvez pas ?

— Non, lança Kyle, avec une rage à peine dissimulée.

Meghan continuait de l'observer. Elle appréciait qu'il montre un tel sens de ses responsabilités. C'était tout à son honneur.

— Vous comprenez, continua-t-il, c'est mon devoir d'accepter.

Résigné, il s'exprimait sans passion. Ni colère d'ailleurs. Il acceptait, oui, comme on accepte l'annonce d'une maladie incurable. Et fatale. Et son « devoir », comme il disait, lui serait effectivement fatal. Une fois à Chicago, il y avait en effet fort à parier que le Kyle qui se tenait aujourd'hui face à Meghan changerait. Par nécessité, en raison de sa position, il perdrait son naturel, sa franchise. Des qualités inestimables, aux yeux de Meghan.

— Je vous en prie. Excusez ma mauvaise humeur de ce matin.

— Ne vous excusez pas, murmura-t-elle.

A cet instant, elle reconnut dans son regard l'éclat

qui, ce matin, avait précédé leur baiser. Instinctivement, elle se recroquevilla sur son fauteuil. Kyle, alors, s'approcha et lui tendit la main. Cette fois, elle n'hésita pas et s'en saisit au contraire comme d'une bouée. Elle ne refusa pas non plus son étreinte et se blottit tout contre lui. Vaincue... et enfin, en paix.

Meghan repensa à la nuit dernière. Il y avait une éternité qu'elle n'avait dormi dans les bras d'un homme. Et, bizarrement, cela ne lui avait jamais véritablement pesé. Jusqu'à ce que Kyle débarque dans sa vie. Elle avait alors pris conscience de toute l'étendue de sa solitude, du néant émotionnel dans lequel elle se complaisait. Kyle avait réveillé des sensations, des désirs, des manques. Oui, il avait réveillé la femme qu'elle avait si longtemps cessé d'être. Et elle se prenait à rêver maintenant du désir de Kyle, d'un vrai désir. Comme celui qu'elle avait cru ressentir dans son premier baiser. Un baiser qui l'avait littéralement possédée. Et qui pourtant, elle devait se l'avouer, n'avait fait qu'attiser... sa faim.

— Vous êtes vraiment une femme à part, Meghan.

Mal à l'aise, furieuse contre elle-même, Meghan éprouva soudain l'envie de crier. Elle n'avait rien de spécial, non. Plutôt une femme frustrée, aux idées libertines, voilà tout !

— Je vous ai avoué tout à l'heure vouloir vous embrasser de nouveau. Mais j'ai changé d'avis. Je veux que... vous m'embrassiez, vous, chuchota Kyle.

Qu'elle l'embrasse ? Elle n'oserait pas. Jamais elle n'avait pris ce genre d'initiative. Comme elle se sentait ridicule ! Elle ignorait jusqu'à la façon de s'y prendre. Mais après tout, rien ne l'obligeait à s'exécuter. Non. Rien, effectivement, si ce n'est qu'intérieurement, quelque chose l'y contraignait...

Et Kyle qui ne la quittait pas des yeux ! A présent, seuls quelques petits centimètres séparaient leurs visages. Elle crut un moment qu'il allait poser ses lèvres sur les siennes. Il n'en fit rien. Il attendait. Alors, comme dans un rêve, elle s'approcha. La chaleur de ses mains sur son visage la bouleversait. Quelques petits centimètres... C'en était trop ! Trop de tension, trop d'émotions. Alors, elle posa sa bouche sur la sienne. Et ce fut comme si elle s'abreuvait, après une cruelle et interminable traversée du désert. Ce fut comme si un élixir magique la ramenait à la vie. Elle l'embrassait, comme si sa vie tenait à ce seul baiser. Un baiser plus sauvage, plus gourmand que celui de ce matin.

Kyle à ce moment l'enlaça et elle en profita pour caresser son visage. Ses traits étaient tirés, marqués par une impitoyable rage intérieure, et le fait qu'il ne se soit pas rasé ce matin rajoutait à sa rudesse. Une rudesse mille fois compensée par la douceur vertigineuse de ses lèvres. Oui, elle perdait pied. Elle n'était plus maître du jeu. Elle l'avait embrassé, soit, comme il le lui avait demandé, mais Kyle, à présent, semblait lui contester cette prérogative. Ce souffle, plus saccadé, plus court, ne pouvait leurrer aucune femme. Ni cette façon de la serrer impatiemment contre lui. Et Meghan ne désira plus que s'incliner, se soumettre... Soudain, pourtant, dans un ultime sursaut de conscience, elle mit brutalement un terme à cette étreinte.

Kyle n'insista pas. Sans un mot, il lui tourna le dos et s'éloigna. Fâché ? Frustré ?

— Je suis désolée, chuchota Meghan. Je... je ne sais plus où j'en suis.

Oui, ce baiser l'avait emportée bien au-delà de tous les baisers échangés par le passé. Sur ses lèvres, elle avait découvert, stupéfaite, tout un univers d'émotions qu'elle ne soupçonnait même pas. Un univers inconnu dont elle avait soudain craint les pièges et les embûches. Et ce danger avait quelque chose de pervers, car, tout au fond d'elle-même, elle ne souhaitait que le défier de nouveau. Ah, elle était bien loin des baisers de Jack. Par comparaison, terriblement superficiels, désespérément froids. Il avait pourtant été son mari. Dans une autre vie, oui...

Pour l'heure, de quoi avait-elle l'air ? Elle tenait à peine sur ses jambes, ne savait que faire ni que dire. Si ce n'est de supplier Kyle de la prendre encore dans ses bras. Non, il ne fallait pas.

Meghan se lova dans son fauteuil. Elle devait s'accorder quelques minutes de répit. Le temps de reprendre son souffle. Et le temps que Kyle recouvre le sien. Car, visiblement, il n'était guère plus brillant qu'elle.

Tempête, las probablement de ces jeux aberrants, sortit à ce moment de sa torpeur et alla se frotter contre Kyle. Méchant traître, songea Meghan.

— Au fait ! Je ne vous ai pas remercié pour tout ce que vous avez fait, dit-elle.

Il ne répondit pas aussitôt, plus soucieux, semble-t-il, de caresser Tempête, d'ailleurs ravi. Pourtant, il finit par la regarder. Avec, dans les yeux, une lueur de désir presque indécente.

— Ce n'est rien.

— Rien ? s'exclama-t-elle. Cela fait des mois que j'aurais dû m'en occuper.

— Considérez ça comme un remboursement.

— Mais, je n'ai pas besoin d'être remboursée, s'indigna-t-elle.

Il haussa les épaules. Le sujet était clos. Elle ne

réussirait pas à l'entraîner dans une conversation futile.
Aussi, changea-t-il volontairement de propos :

— Je suppose que c'est ici votre atelier ?

— Oui. Et vous êtes le premier à y entrer.

— Ah bon ? Entrée interdite ?

— Absolument !

— Je dois alors me considérer comme un privilégié ?

— En aucun cas. Puisque je ne vous y ai pas invité... cela dit sans vouloir vous froisser.

— Je comprends, dit-il en se dirigeant vers l'une des nombreuses étagères qui tapissaient le mur.

Meghan pâlit. Elle était dans son jardin secret. Et c'était comme si Kyle s'apprêtait à violer cette intimité. Son travail, ces anges. Tout cela ne le regardait pas ! D'autant qu'elle ne conservait pas ici ses meilleures œuvres, déjà en vente dans les boutiques de la région. Sur les étagères de son atelier, ne trônaient que des statuettes imparfaites ou totalement ratées.

— Ils sont tous de vous ? demanda Kyle en désignant les pièces d'argile.

Elle approuva, gênée, d'un bref signe de tête.

— Eh bien, vous avez un sacré talent.

Meghan rougit. De plaisir. Sculpter était pour elle comme une thérapie. Un miroir confident. Et chaque œuvre parlait et parlait encore et toujours d'elle. Aimer ses anges d'argile, c'était l'aimer... elle ! C'est pourquoi l'appréciation de Kyle la remplit de joie.

— Aucun ne se ressemble, ajouta celui-ci, sans remarquer, semble-t-il, l'émoi de Meghan.

— C'est le plus difficile. Et le plus satisfaisant.

Elle se leva. Sourde à cette petite voix intérieure qui lui intimait l'ordre de rester à bonne distance de lui. Il tenait à la main l'une de ses pièces préférées. Meghan en fut bouleversée. Aurait-il les mêmes goûts qu'elle ? La même sensibilité ? A son tour, elle s'empara d'un ange, puis d'un deuxième et dit :

— Chacun a sa personnalité.

Kyle observa un moment les deux pièces et déclara :

— Oui ! L'un est un garçon, l'autre, une fille.

Une fraction de seconde, elle craignit qu'il ne se moque. Mais elle nota son sourire et, rassurée, fit mine de se fâcher.

— Kyle, voyons !

Elle reposa les deux anges sur leur étagère. Un peu poussiéreuse, nota-t-elle au passage.

— Les ventes ne marchent pas trop, cet hiver ?

— Non. La faute à la météo. Je ne peux pas démarcher les boutiques de la région comme je l'aurais voulu, convint Meghan, désabusée.

— Je vous en prends cinquante !

— ... Cinquante ?

— Oui. J'ai pas mal de cadeaux à faire.

Stupéfaite, Meghan chercha alors à rassurer Kyle :

— Je ne les vends pas très cher.

— J'espère.

— Vous n'êtes pas obligé de...

— Je sais, s'exclama-t-il avant qu'elle termine sa phrase.

Il se tourna vers elle et, la forçant à le regarder, ajouta :

— Je vous les achète parce que je les aime. Et qu'ils feront de merveilleux cadeaux.

Non, il ne mentait pas, ne jouait pas. Mais parlait le plus sérieusement du monde.

— Et ils resteront pour moi comme un souvenir précieux. Le souvenir d'une femme exceptionnelle. D'un moment exceptionnel.

— Si c'est cela le but, dit Meghan, vous n'avez guère besoin d'en acheter cinquante.

— J'en veux cinquante. Pas un de moins !

Insensiblement, tous deux s'étaient rapprochés. Et, Meghan sentit de nouveau le désir l'envahir. Le même désir. Intransigeant.

— Et je vous en commande dès aujourd'hui, toute une série supplémentaire. Ma sœur tient une boutique de cadeaux à Chicago et elle cherche sans cesse de nouveaux objets. Je suis sûr qu'elle sera emballée par ce que vous faites.

— Je... je ne sais comment vous remercier.

Kyle savait, lui... Meghan le comprit, au moment même où elle prononçait ces mots.

7.

— Que diriez-vous d'un peu de vin ? Il doit rester une bonne bouteille, dans le réfrigérateur.

— C'est d'accord. Je m'occupe de trouver un tire-bouchon.

Tous deux s'affairaient. Meghan mettait la table tandis que Kyle fouillait dans un tiroir — plutôt un fourre-tout. Quel bric-à-brac ! Il songea à son appartement, à ces modules de rangement qui équipaient sa propre cuisine. Une pièce aseptisée, sans âme, où chaque chose était impeccablement classée, avec un souci de l'ordre presque maladif. Tout le contraire de cette cuisine, chaleureuse... vivante, tout simplement.

— Il me faut des bougies, lança soudain Meghan. Je ne peux tout de même pas cuisiner dans le noir.

— Là, dit Kyle, en désignant un tiroir.

— Dans ce tiroir ? Vraiment ?

Quelle distraction ! Ne pas savoir où ses affaires étaient rangées, tout de même... Oui, décidément, elle avait bien besoin que quelqu'un veille sur elle. Mais ce ne serait pas lui. Il devait se sortir cette idée de la tête, une bonne fois pour toutes. Ce n'était même pas la peine d'y songer.

D'ici peu, il enfourcherait sa moto. Direction, son

destin. Car les routes, à présent, ne tarderaient pas à être dégagées. Il serait donc chez lui pour Noël. Et sa rencontre avec Meghan appartiendrait bientôt au passé... D'un coup sec — hargneux — Kyle fit céder le bouchon.

Meghan l'avait purement et simplement ensorcelé. Il ne voyait pas d'autre explication. Il était littéralement envoûté. Corps et âme. Elle avait fait voler en mille éclats cette carapace qu'il avait un jour endossée, pour ne plus la quitter. Oui, Meghan était coupable. Coupable de l'avoir désarmé.

Et, inconsciemment, à ce moment même, elle ajoutait encore à son tourment. Sur la pointe des pieds, elle s'efforçait en effet d'atteindre les verres, juchés tout en haut d'une étagère. Et dans ce mouvement, elle faisait preuve d'une grâce inouïe. Il était fasciné par ses jambes. Interminables, un galbe parfait.

— Attendez ! Je vais vous aider.

Il s'approcha et là, tout contre elle, s'étonna de nouveau de l'intensité de son désir. Un désir qui, d'heure en heure, s'amplifiait, s'imposait. Le moindre effleurement le mettait désormais hors de lui. Et il devait se faire chaque fois violence pour résister. Ne pas la prendre dans ses bras, ne pas l'embrasser. Non, il ne devait pas. Il n'en avait pas le droit.

Car, bientôt, il partirait. Laissant Meghan derrière lui. Seule. Et cette idée le torturait. Qu'elle soit abandonnée à sa solitude. Non, elle avait besoin de quelqu'un, c'était évident. D'un homme...

« Assez », se dit-il, excédé. Il attrapa sans ménagement deux verres et s'écarta. De Meghan. De son odeur, de son souffle, de son corps, habité, il en était convaincu, par le même désir.

Sans dire un mot, Kyle se dirigea vers l'évier et,

après avoir consciencieusement rincé leurs verres, versa dans chacun d'eux un peu de vin. Pour tout dire, bien trop dans le sien. Mais ne dit-on pas que l'alcool engourdit les sens? Eh bien, ce remède-là lui ferait alors le plus grand bien. Il tendit à Meghan l'autre verre. Et leurs doigts, fugitivement, se croisèrent. Kyle ne parvenait pas à oublier la douceur de ses mains sur son visage.

Mais qu'est-ce que cette femme avait de si spécial? Toute la vie de Kyle était jalonnée de rencontres, d'aventures. Sa relation avec Susan, notamment, avait été intense. Et douloureuse. Pourtant, même Susan, qu'il projetait d'ailleurs d'épouser, à l'époque, ne l'avait jamais aussi profondément troublé.

Susan. Il se souvint. Il ne restait pas éveillé auprès d'elle, la nuit. Il ne la tenait pas enlacée, anxieux de la perdre. Avec Meghan, c'était une tout autre histoire. Et cela, oui, cela lui posait un réel problème.

— J'adore ce vin, chuchota Meghan.

Il aimait tant sa voix, une voix chaude — obsédante. Il but une gorgée de ce cru, modeste peut-être, mais qui, il l'espérait du moins, suffirait à émousser sa sensibilité.

Les baisers qu'ils avaient échangés n'avaient fait qu'exacerber son désir. Et si la raison lui suggérait d'en rester là, une conseillère moins sage semblait vouloir l'entraîner, coûte que coûte, vers l'irrémédiable. Alors, la fuite ou Meghan? Après tout, il avait encore le choix. Prendre des risques, à moto, en roulant sur des routes peu sûres. Ou foncer tête baissée vers un danger d'un tout autre genre... Oui, à condition de ne pas la faire souffrir.

Meghan disposa quelques bougies sur la petite table. Elle avait en vitesse préparé un plat de pâtes et fait réchauffer une sauce tomate.

— Voilà, dit-elle. C'est peu de chose, mais, au moins, nous ne mourrons pas de faim.

Visiblement, ses piètres qualités de cuisinière l'amusaient beaucoup. Tiens! Susan n'avait jamais ri ainsi d'elle-même...

Kyle alla s'asseoir face à Meghan et, soudain affamé, remplit copieusement son assiette.

— Tout va bien? Vous êtes si silencieux.

Elle semblait sincèrement inquiète, aussi s'empressa-t-il de la rassurer.

— Oui, oui. Tout va bien.

Pourquoi mentir ainsi? Non, il n'allait pas bien du tout. Rarement, il ne s'était senti aussi mal dans sa peau. Quelques centimètres à peine le séparaient de ce qu'il désirait le plus au monde. Interdit, inaccessible.

Il ne voulait pas la quitter. Sortir de sa vie, comme ça. Comme s'il n'avait jamais existé. Non, il partirait, soit, mais, c'est promis, elle ne l'oublierait pas...

Leur repas achevé, Meghan alla faire chauffer de l'eau.

— Une tasse de chocolat? Pour ma part, je reste fidèle au thé, lança-t-elle.

C'est à ce moment qu'une idée lui vint. Oui, voilà ce qu'il allait faire.

— Et que diriez-vous d'un dessert, Meghan?

Elle se retourna, intriguée :

— Il doit bien me rester un peu de lait, quelques œufs...

— Vous reste-t-il un peu de farine?

Il sourit. Elle semblait mal à l'aise.

— Kyle... j'ai une terrible confession à vous faire, murmura-t-elle.

Du regard, il s'efforça de l'encourager.

— Euh... Vous avez pu constater que la cuisine

n'est pas mon fort. En réalité, mes talents se limitent à faire réchauffer des plats surgelés.

Oui, il était grand temps que quelqu'un veille sur elle...

— Mais attendez, reprit brusquement Meghan, je pourrais vous faire quelques crêpes. Au chocolat. J'en raffole.

— Je ne sais pas...

— Mais si ! Vous verrez quand vous les aurez goûtées. Un délice ! D'ailleurs, je dois me raisonner pour ne pas en dévorer à tout bout de champ.

— Et les cookies ? Vous savez préparer les cookies ?

— Les cookies ?

— Oui. Ces petits gâteaux, aux pépites de chocolat. Un dessert idéal pour Noël !

Il avait volontairement appuyé sur le mot Noël. Un peu trop, peut-être. La bonne humeur de Meghan, soudain, s'estompa.

— Ne me dites pas que vous n'avez jamais fait d'indigestion de cookies à Noël ? insista-t-il.

— Peut-être une fois, répondit-elle, tout à fait morose, à présent.

Kyle ne put retenir une moue désapprobatrice. En même temps, il se reprocha de l'avoir peinée. Il voulait la voir sourire. Et il allait tout faire pour ! Même de la pâtisserie, s'il le fallait.

— Ma grand-mère était une grande spécialiste des cookies. Cela ne doit pas être bien sorcier, s'exclama-t-il.

Sans dire un mot, sans même lui jeter un regard, Meghan débarrassa son assiette et se dirigea vers l'évier. Bien ! Visiblement, il l'avait contrariée. Non, pas ça ! Il se leva aussitôt et s'approcha d'elle. Elle paraissait si fragile, si vulnérable, soudain. Alors, tout en faisant un effort surhumain pour ne pas la prendre dans ses bras, Kyle chuchota :

— Voilà le programme que je vous propose ! Vous faites la vaisselle et je me charge de préparer des cookies. Des cookies « spécial Noël », à ma façon !

— Laissez tomber, dit-elle, en serrant soudain les poings.

— Laisser tomber quoi ?

— Tout ça, Noël... Laissez tomber !

Ce fut comme si elle sombrait dans une détresse sans fond. Une détresse insupportable pour Kyle, qui s'avança et, n'y tenant plus, l'enlaça.

— Meghan...

— Je vous en prie, Kyle, je ne veux plus entendre parler de Noël !

— Mais, enfin... Vous n'êtes plus une enfant. Cessez de faire des caprices !

Un instant, il craignit d'être allé trop loin. Le visage de Meghan était blême. Sur un ton à peine audible, elle lança :

— Allez au diable !

Il ne releva pas. Parce qu'il comprenait sa réaction. Oui, il supporterait sa colère. Il était pourtant résolu à la pousser dans ses derniers retranchements pour qu'enfin, elle tire un trait, définitivement, sur le passé.

Elle tremblait et dit, presque à bout de souffle :

— Vous ne savez pas ce que vous dites !

— Noël est amour et partage. Et ce n'est pas parce que vos parents semblent l'avoir oublié que vous devez faire de même, rétorqua Kyle.

— Qu'est-ce qui vous permet de me donner des leçons ?

Elle éprouvait manifestement le plus grand mal à s'exprimer, pourtant, elle ajouta :

— Vous ne savez rien de moi. Rien de ce que je pense, de ce que je ressens ! Et vous n'avez pas le droit de me forcer à fêter une date qui ne signifie rien pour moi.

— Noël est pour chacun d'entre nous l'occasion d'offrir le meilleur de soi.

— Pardon ? C'est vraiment ce que vous pensez, Kyle ? Alors, pourquoi mon mari m'a-t-il annoncé son intention de divorcer, la veille de Noël ? Pourquoi ?

Kyle garda le silence. Il était abattu. Accablé. Et dans sa tête résonnaient encore et encore les paroles de Meghan.

Son mari. Divorce. Veille de Noël.

Soudain, il éprouva une haine, totale et sauvage, à l'encontre de cet homme qu'il ne connaissait pas. Qui avait aimé Meghan. Pire, qui l'avait blessée. Comment pouvait-on faire du mal à cette femme ?

— Je... suis désolé, soupira-t-il, sincèrement.

Elle semblait avoir recouvré son calme. Comme si cette confidence l'avait libérée.

— Je ne doute pas que Noël soit propice à l'amour, au partage. Mais, en ce qui me concerne, je n'en ai jamais eu la confirmation, dit-elle, sur un ton résigné, avant d'ajouter :

— Jack et moi nous sommes mariés au mois de juin. Papa et maman ont alors voulu tout prendre en charge. Même s'ils étaient persuadés que je faisais une erreur. J'étais si jeune. Ils ont mis en scène un mariage très jet-set. Si vous m'aviez vue ! J'avais tout l'air d'une princesse ! Diadème, robe à crinoline...

Kyle l'écoutait, se reprochant encore de l'avoir poussée à bout.

— Le mariage s'est déroulé en grande pompe. Cérémonie grandiose à l'église. Un buffet royal. Toute la bonne société était présente, invitée par mes parents. Puis, le temps est passé. Quelques mois plus tard, à l'approche de Noël, les choses ont commencé à se gâter. Oh, je ne me suis pas réellement inquiétée. J'étais alors persuadée que Jack et moi étions faits l'un pour l'autre. Et surtout, que mes parents avaient eu tort de critiquer cette union.

Meghan se tut quelques secondes, comme pour reprendre son souffle, et continua :

— Je voulais que notre premier Noël de jeunes mariés soit... inoubliable. Je finissais de préparer le cadeau de Jack, quand les papiers du divorce sont arrivés.

A ce moment, elle regarda Kyle avec intensité. Il comprit alors qu'elle se préparait à lui faire l'aveu ultime, celui qui avait indéniablement — définitivement ? — saboté sa vie.

— Jack était absent. Il avait décidé de passer les fêtes avec... sa maîtresse. Enceinte.

Kyle passa nerveusement la main dans ses cheveux. De la haine, oui. Il éprouvait de la haine, contre ce Jack autant que contre lui-même, qui avait si maladroitement forcé Meghan à revivre ces événements douloureux.

— Alors, s'il vous plaît, ne m'importunez plus avec la magie de Noël. Les gens restent toujours les mêmes, ni meilleurs ni pires. Pour moi, Noël n'est qu'un jour comme un autre.

— Non, chuchota Kyle, calmement mais avec détermination. Noël est un jour différent.

Elle le foudroya aussitôt du regard et s'exclama, la voix cassée par l'émotion :

— Mais pourquoi insistez-vous ? Si je vous dis que tous les Noëls de ma vie n'ont été qu'une succession de chagrins! Les seuls souvenirs que j'en ai me donnent envie de pleurer. C'est comme ça! Jamais de cadeaux, jamais de répit. Jamais de bonheur, même fugitif. A l'heure où tous les autres se réjouissent et chantent, tombe pour moi une longue nuit de silence. Du plus loin que je me souvienne, Noël a toujours été une profonde et longue nuit de silence.

D'un geste, elle écrasa une larme, presque rageusement. Qu'il était donc sot! Quel maladroit il faisait! Son seul but était pourtant de l'aider.

— Mais, quoi qu'il en soit, reprit Meghan, cette fois sur un ton agressif, même si ma vie n'est pas rose, je ne la fuis pas, moi!

— En êtes-vous si sûre? demanda-t-il, tendrement, avant d'ajouter: dans ce cas, pourquoi vous cacher?

Elle pâlit et, un instant, Kyle fut sur le point d'arrêter là ses piques. Une chose était de la provoquer, une autre de supporter sa rancœur. Pourtant, il continua, intransigeant:

— Pensez-vous réellement que vous vous comportez si différemment de moi?

Meghan accusa le coup. Cette question lui fit soudain l'effet d'une douche froide. Soit, il n'avait pas le droit de vouloir diriger sa vie, de lui imposer quoi que ce soit. Mais, d'un autre côté, ne vivait-elle pas cloîtrée dans son passé? Ne devait-elle pas oublier et penser enfin à vivre le temps présent? Après tout, ne fuyait-elle pas, elle aussi?

— ...Vous avez raison, convint-elle pourtant, après un long moment. Pardonnez-moi, je ne voulais pas vous blesser.

— C'est ma faute. Je l'ai bien cherché.

— Non. Vous n'y êtes pour rien.

Elle s'approcha de lui et, tendrement, caressa son

visage. Kyle tressaillit à la douceur de ce contact. Une douceur insoutenable. Instinctivement, il recula.

— Je ne comprends pas ce qui m'arrive. D'habitude, je suis bien plus réservée, dit-elle alors, confuse.

Elle sourit. Un sourire fugitif qui ne s'adressait probablement pas à Kyle, mais la concernait seule. Puis aussitôt, elle répéta :

— D'habitude ! Mais votre présence... je ne me reconnais plus, en votre présence.

Voilà, c'était dit. Oui, elle commençait, enfin, à se dévoiler, à retirer ses masques.

— Vous provoquez en moi des émotions que je ne devrais pas...

— Que vous ne devriez pas ? insista-t-il en cherchant son regard.

— Que la raison devrait m'empêcher d'éprouver, c'est tout !

— Meghan ? Que ressentez-vous ?

Elle ne répondit pas, prise manifestement entre deux feux, luttant contre les exigences de cette satanée raison et ses propres sentiments. Pourtant, elle finit par chuchoter :

— De la... passion.

Kyle respira soudain plus librement, comme au sortir d'une profonde apnée. Il dut faire appel à tout son sang-froid pour continuer à l'écouter. Sans bouger, sans la prendre dans ses bras, comme son désir le lui ordonnait.

— Oui, il se passe quelque chose en moi. Quelque chose que je ne parviens pas à contrôler.

— Et vous détestez cette impression.

— Non. Pas exactement.

Elle s'éloigna et tout en dégustant son verre de vin, le dévisagea. Les secondes, une à une, s'étirèrent en

100

une éternité... que Kyle accepta. Il devait se montrer patient et se mettre à la place de Meghan. Qui faisait preuve là de courage, de franchise. Ce ne devait pas être si facile, pour elle. Et cela ne l'était guère, pour lui. Il faudrait bien, pourtant, que l'un des deux brise ce silence.

— La passion est une chose étrange, dit-elle brusquement, tout en jouant avec son verre. J'ai aimé Jack. A la folie, je crois.

Kyle résista. Il ne devait pas s'approcher. Cette distance entre eux permettait visiblement à Meghan de mieux se confier.

— La passion naît aussi vite qu'elle s'éteint, murmura-t-elle.

— Meghan...

Mais, il se tut. Ne sachant trop que répondre. Elle buvait, délicatement, les yeux perdus dans le vague. Puis, de nouveau, parla, semblant s'adresser à des fantômes :

— Mais c'était il y a bien longtemps. En fait, le mariage et le divorce m'ont rendue bien plus forte. Tiens, je crois même que je n'aurais jamais sculpté de ma vie, ni même acheté ce chalet, s'il ne m'avait pas quittée.

— Et votre cœur ? Qu'en est-il de votre cœur ? l'interrogea Kyle, du tac au tac.

De toute évidence, sa question l'embarrassait. Pourtant, elle répondit, lentement, comme si elle pesait chacun de ses mots :

— Je n'en sais rien. L'amour, la passion, tout cela ne signifie pas grand-chose, au fond. Mes parents s'adorent, mais m'ignorent, moi, leur unique enfant. Quant à Jack, il tombait amoureux de toutes les femmes qu'il croisait.

— Tous les hommes ne sont pas comme ça !

— Ah non ?

— Non ! Certains vont jusqu'au bout de leur engagement, prennent toutes leurs promesses à cœur.

— Certains ? Comme vous, je suppose ?

— Oui, comme moi !

Comme lui, exactement, songeait Kyle en réfléchissant à son proche avenir. Et cette seule pensée l'écorchait vif. Pourtant, il ferait ce qu'il pensait devoir faire et tant pis pour ses rêves !

Son regard soudain se posa sur l'ange d'argile, qui, depuis le comptoir, assistait à la scène. Et il lui sembla alors hériter un peu de la sérénité dégagée par la statuette. Posément, il rejoignit Meghan, près de la table, et but à son tour quelques gorgées de vin avant de déclarer :

— Meghan, j'ai une proposition à vous faire.

Intriguée, elle le regarda. Il aimait ces regards, pour l'émotion qu'ils véhiculaient. Vraie, sans fard.

— Je vais vous donner une nouvelle mémoire. Pleine de bons souvenirs !

Et pour accompagner sa promesse, Kyle s'empara de la main de Meghan.

— Des souvenirs fabuleux que vous n'oublierez jamais.

— Mais voyons, Kyle, on ne peut rien contre la mémoire.

Elle s'écarta, comme pour lui signifier qu'il faisait fausse route. Kyle pourtant ne se découragea pas. L'affaire était entendue. Et rien ne le détournerait de sa promesse.

— Essayons !

Manifestement peu enthousiaste, Meghan ferma un moment les yeux. Comme elle était loin de lui, alors !

Enchaînée encore à ce passé. Non, elle devait accepter. Il allait lui redonner confiance. En elle, en la vie, en Noël !

— Je vous en prie, Meghan, donnez-moi une chance. Juste une chance. Pour vous. Pour moi.

Comme elle avait l'air calme. Non, plutôt épuisée, vidée. Peut-être l'avait-il trop bousculée ?

— Pourquoi pas ? dit-elle enfin, doucement, quelques secondes — une éternité — plus tard.

Sa voix était hésitante. Mais à son regard, Kyle sut qu'elle était près d'accepter. A lui maintenant d'agir, avec tact et intelligence. Un faux pas, et l'affaire capoterait ! L'affaire ? Allons, il n'était pas en train de négocier un contrat pour *Murdock Enterprises* ! Meghan valait tous les contrats du monde. Et plus encore !

— Alors que diriez-vous de quelques cookies ? En l'honneur de Noël, demanda-t-il, tendrement.

Il attendit sa réponse, refusant de la brusquer. Elle était sur le point de parler. Ses lèvres hésitaient. Des lèvres dont Kyle se rappela brusquement la saveur. Il frissonna. Décidément, le vin n'avait pas eu l'effet escompté. Tous ses sens étaient à vif, tout son désir à fleur de peau.

— Meghan. Venez près de moi.

Elle plongea ses yeux dans les siens. Il avait réveillé en elle de vieux chagrins. Mais, il le devait. Il fallait absolument exorciser ce passé. Effacer ces souvenirs cruels de sa mémoire. Et après, après seulement, elle pourrait réapprendre à vivre. A aimer ?

8.

Meghan s'avança vers lui. Chaque pas l'éloignant un peu plus de la réalité, de ce monde de solitude où elle s'était retranchée. Avec, pour seule compagnie, une mémoire massacrée. Sans désir, sans plaisir.

Elle eut à cet instant l'impression de sortir d'un long coma. La guérison ? Oui, peut-être. Peut-être parviendrait-il à la sauver, à lui redonner le goût de vivre. De vivre, enfin !

Elle n'était maintenant qu'à quelques centimètres de lui. Encore hésitante, mais déjà vaincue. Après tout, il ne pourrait pas la faire souffrir plus qu'elle n'avait déjà souffert, se dit-elle au moment où les lèvres de Kyle rencontraient les siennes.

Il l'embrassa, tendrement. Comme pour la réconforter, et elle puisa dans ce long baiser une force nouvelle. Qui ressemblait à de l'espoir. Dans sa chair, elle sentit soudain cet espoir palpiter. Elle croyait son corps mort. Définitivement, froid et mort. Et voilà que tout son être implosait. Kyle...

Elle se pressa tout contre lui. Ne voulant plus alors que prolonger ce baiser, se fondre dans cette étreinte. Kyle réagit à ce tendre assaut en la serrant plus fort encore. Elle sentit ses mains glisser le long de son dos, impatientes et avides. Et elle ne souhaita plus que s'abandonner. Laisser son propre corps agir et réagir, comme il lui plairait. Sans plus d'arrière-pensées, sans plus d'angoisse. Que ce moment dure. Une éternité.

— Meghan, bredouilla Kyle, presque en gémissant. Je vous en prie. Dites-moi d'arrêter.

Oui, elle en avait le droit. Elle pouvait encore mettre un terme à cette étreinte et désamorcer ainsi cette ébauche de plaisir. Mais elle se trouvait maintenant piégée. Piégée par la passion de ce baiser et toutes les émotions qu'il avait déclenchées en elle. Oh, bien sûr, jamais elle ne guérirait des blessures du passé. En revanche, elle avait la conviction que Kyle resterait dans sa mémoire, comme un pur moment de bonheur. Et cela était inespéré. Précieux. Sa vie n'en serait pas vraiment bouleversée, soit, pourtant, après lui, les jours, et peut-être les nuits, lui sembleraient moins tristes. Moins vides.

— Je ne peux pas... je ne veux pas que vous vous arrêtiez, Kyle.

Kyle la dévisagea et parut hésiter. Puis, avant même qu'il fasse un geste, elle comprit à son regard qu'une seule pensée l'obsédait. Déjà, il l'emportait dans ses bras — comme une jeune mariée ? — et se dirigeait vers le salon. Elle se blottit contre son torse et perçut à ce moment le rythme effréné de son cœur. Un battement cadencé, troublant et rassurant.

Kyle la coucha alors avec une infinie tendresse sur leur lit improvisé, au pied de la cheminée. Calmement, il s'occupa de ranimer le feu, puis se tourna vers elle :

— J'allume quelques bougies ? Ou préférez-vous la lueur des flammes ?

106

— Les flammes, répondit-elle, nerveuse.

— Attendez, je ne veux pas que vous preniez froid, dit-il en s'emparant d'une couverture supplémentaire.

Froid ? Elle était tout bonnement gelée à l'idée de se déshabiller devant lui. Elle l'aida de son mieux, et sans trop trembler, à tirer la couverture. En évitant soigneusement son regard. Car elle savait qu'il ne la quittait pas des yeux. Eh oui, elle ne s'était pas trompée. En revanche, elle s'attendait à le voir sourire et il n'en était rien. Ses traits exprimaient au contraire une gravité qu'elle ne lui avait encore jamais vue.

Kyle lui tendit la main. Elle s'en saisit, en frissonnant, réalisant brutalement que c'était désormais toute sa vie qu'elle offrait. Et il parut en prendre conscience. Il l'attira. Avec douceur, en murmurant.

— Laissez-vous aller.

— Facile à dire, parvint-elle à articuler.

— Je ne veux rien précipiter. Je saurai me montrer patient.

Il tenait encore sa main. De crainte qu'elle ne s'enfuie ? Mais, elle n'avait aucune envie de fuir. Car son désir était bien plus fort que cette sourde appréhension qui la tenaillait. Oui, elle ne voulait que lui.

— Nous avons toute la nuit devant nous, rajouta t-il, en caressant ses cheveux.

Immobile, figée par l'émotion, Meghan ne fit pas un geste, ne dit pas un mot. Seul un soupir s'échappa de ses lèvres. Elle sentait à présent ses mains effleurer délicatement le contour de sa bouche qui, involontairement, s'entrouvrit.

Kyle s'attarda un moment sur ses lèvres.

Une étincelle, une seule, et elle savait que c'en serait fini de sa sérénité, du train-train. De sa mémoire. Comme cela était tentant. Mais comment avait-elle pu oublier le désir ? Sa force, sa puissance ?

— Je vous désire tant...

Ces mots étaient chauds. Comme était chaude cette impression de vertige. Oh, elle n'avait plus peur à présent, et seule l'impatience la faisait frissonner. Aussi, quand il ôta son chemisier, elle ne ressentit, à son grand étonnement, aucune pudeur. Elle, si réservée, ne souhaitait plus qu'oser. Accepter la magie de cette rencontre. Ainsi, c'était donc cela le coup de foudre ? Une aventure inattendue et intense qui avait le pouvoir de tout effacer, pour tout réinventer...

Elle respirait maintenant avec difficulté. Kyle, sans hâte, détacha l'agrafe de son soutien-gorge et ses mains, un moment, s'attardèrent sur le galbe de ses seins.

— Kyle...

Elle ne pouvait plus. Ne pouvait plus supporter ses caresses. N'en pouvait plus d'attendre.

Kyle, encore et encore, effleurait sa poitrine. Retardait le moment d'une étreinte, fasciné par ses seins qui se dressaient à sa rencontre. Et sa bouche, doucement, s'égara à son tour sur cette peau que le désir embrasait.

— J'ai... j'ai envie de vous, bredouilla soudain Meghan.

Jusqu'à aujourd'hui, elle croyait cette phrase magique rayée de son répertoire. A vie. Pourtant, maintenant, seule comptait cette envie. Et elle ne supporterait pas d'obstacles à sa faim. Elle fit alors sauter, un à un, les boutons de la chemise de Kyle. Fébrilement. Rageant contre sa maladresse. Ses mains, enfin, se posèrent sur son torse nu. Qu'elle

108

explora, en tâtonnant. Comme si c'était la première fois. En prenant le temps de redécouvrir les gestes oubliés, la passion qu'ils éveillent. Kyle se laissait faire, haletant à présent sous ses doigts. Et Meghan s'amusait de sa retenue, jouait maintenant de son pouvoir. Ses lèvres couraient sur sa peau. Doucement, elle ferma ses lèvres sur sa poitrine qui, aussitôt, se raidit.

— Je vous en prie, murmura-t-il, à bout de souffle.

De quoi la priait-il? De cesser là ses caresses, de les poursuivre? Ou d'aller plus loin? Plus loin? songea-t-elle soudain. Et de nouveau, une étrange panique s'empara d'elle. Une panique qui n'était pas sans rappeler celle de la jeune fille qui, pour la première fois... Mais, bon sang, elle avait pourtant été mariée! Oui, mais Jack, il est vrai, ne s'était guère inquiété de l'initier aux mystères de l'amour. Elle se rappela, un bref instant, ces étreintes passées. Comment dire? Des étreintes mécaniques, brutales, vides d'émotions. Pour elle, en tout cas.

Kyle montrait une prévenance, une patience qui la bouleversaient. Et elle lui en était reconnaissante. Il semblait tout savoir d'elle, tout deviner. Il ne se comportait pas en amant impatient et vulgaire. Son seul et unique souci était de l'amener au plaisir. Sans l'y forcer. Sans la brusquer.

— Meghan, laissez-moi faire. Ne bougez plus.

Bouger? Elle n'en avait aucune envie. Quant à parler, c'était à présent au-dessus de ses forces. Elle se laisserait faire, oui. Avec une certaine habileté — expérience — qui, une fraction de seconde, l'interpella, il retira les derniers vêtements qui la préservaient encore, comme on abat l'ultime rempart qui protège une cité fortifiée. Elle était totalement nue, maintenant. Vulnérable, offerte. Elle frissonna. De froid, probablement. Kyle, toujours vêtu de son jean, la dévisageait. Et semblait attendre.

— Déshabillez-moi, dit-il, tendrement.

Non, elle n'y parviendrait jamais. Jack ne lui avait jamais demandé de participer ainsi — activement — à leurs ébats. Il la prenait comme il l'entendait, lui. Sans parler — sans lui parler. Absorbé par son propre désir. Oh, mais au diable Jack !

Lentement, Kyle attira la main de Meghan. Et ses mains osèrent. Oui, elle l'aida à retirer son jean. Simplement. Toujours avec autant de pudeur, il se glissa alors à côté d'elle, s'allongea, brûlant. Brusquement, elle n'y tint plus. C'était comme si son corps se rebellait. Elle se prit à détester cette patience qu'il montrait avec elle. Elle éprouva soudain le désir de crier et de maudire cette retenue qui, quelques minutes plus tôt, la rassurait. Elle le voulait. Maintenant. Et s'alarmait en même temps de cette extrême sensualité qui échappait à son contrôle.

Comme s'il percevait cette exaspération, Kyle se rapprocha. Encore. Et, sans plus hésiter, s'allongea sur elle. Meghan soupira, épuisée de désir, vaincue par le poids de son corps. Par sa puissance.

— Oh... oui, Kyle, murmura-t-elle, en l'implorant.

Il l'aima. Intensément. Et le monde s'évanouit. Meghan, les yeux clos, pénétra un univers de couleurs flamboyantes et inconnues. Elle découvrit alors des sensations que sa chair n'avait jamais osé rêver. Qui déferlaient sans pitié dans les secrets les plus intimes de son être. Il l'aimait... pour l'aimer, elle. Et elle cria.

**

Epuisée, Meghan ouvrit doucement les yeux. Il la regardait, visiblement inquiet. Oui, Kyle se demandait si véritablement elle avait éprouvé du plaisir. Elle lui sourit et aussitôt, il parut rassuré. Mais lui, songea-t-elle soudain. Lui? Qu'en était-il? Mais déjà, il l'embrassait. Déjà, se perdait de nouveau en elle. Et cette fois, elle sut. Dans cette nouvelle étreinte, Kyle gémit, chuchota son nom, et parut enfin à son tour se noyer dans un océan de sensations. Et, cette fois, elle l'accompagna. Jusqu'au plaisir. Leur plaisir.

— Voilà qui me semble prometteur, dit Lexie.
— Quoi donc? rétorqua Aggie. De quoi parlez-vous, mon amie?
— Ne faites pas l'hypocrite.
— Mais, pas du tout. Que s'est-il passé?
— Un miracle, ma chère! Un miracle de Noël! Un de plus.
— Je n'ose y croire. Kyle devra bientôt partir. Il a un tel sens des responsabilités! Oui, il partira. Probablement...
— Je n'en suis pas si sûre.

— Quelques cookies?
— Quoi? s'écria Meghan, vous pensez encore à vos cookies?
— J'ai une faim de loup, répondit Kyle.
Comment pouvait-il encore avoir la force? Elle était épuisée, pour sa part. Comblée, oui, et son être résonnait encore de ce moment de passion intense.

Faim ? Non, elle n'avait plus faim. Du moins le croyait-elle, car en se rapprochant de lui, de nouveau, elle fut submergée par le besoin, l'envie. De nouveau, ce corps — son corps — qu'elle connaissait, hier encore, si peu exigeant, si éteint, s'enflamma. Non, elle n'était pas rassasiée et... Un bruit assourdissant retentit brusquement. Instinctivement, Meghan se redressa.

— Cela vient de la cuisine, dit-elle en souriant. Je crois que quelqu'un d'autre, ici, a l'estomac vide.

De nouveau, un choc leur parvint, cette fois accompagné par un aboiement. Déjà, Kyle était debout et s'empressait d'enfiler son jean.

— Je vais voir ce qui se passe.

Il s'apprêtait à quitter le salon quand son regard s'arrêta sur Meghan. Ses cheveux blonds reposaient en désordre sur le drap qui la couvrait à peine, jusqu'à la taille. Et dans ses yeux... Dieu, dans ses yeux brillait une lueur irrésistible. Une attente, un appel...

Un aboiement interrompit ses pensées. Kyle se résigna. Il saisit une lampe de poche et, à contrecœur, se décida à abandonner là Meghan. Son sourire, ses lèvres.

Il trouva Tempête, assis au pied du placard, l'air tout penaud. De toute évidence, affamé.

— Excuse-nous, mon vieux ! Nous t'avions oublié ! dit Kyle en tapotant la tête de l'animal.

Et, sans perdre plus de temps, il remplit l'écuelle de pâtée.

— Vous êtes sérieux ? A propos des cookies ?

Il sursauta et se retourna brusquement. Il ne l'avait pas entendue approcher. Meghan avait enfilé son peignoir. Ce même peignoir qu'il maudissait, la veille. Mais son humeur était tout autre, maintenant. Sous le vêtement, il imagina sa peau. Il en connaissait la saveur, à présent. Oui, il avait faim... Mais pas nécessairement de cookies...

Soudain, il se rappela sa promesse. Il ne partirait pas sans laisser à Meghan un souvenir particulier. Un souvenir qui n'appartiendrait qu'à eux. Et, d'après ce qu'il savait, il voyait mal son ex-mari se mettre en cuisine...

— Oui. Je suis sérieux. Je vais récupérer quelques œufs et du beurre, dans la remise.

Elle croisa les bras et jeta un œil par la fenêtre.

— Mais ne fait-il pas trop froid pour sortir ?

— Cela m'est égal. Vous me réchaufferez, non ?

Il sut que oui. Il le comprit à son regard. Oui, elle le prendrait dans ses bras. L'attendrait. Pourquoi attendre ? Il faillit à cet instant l'emporter dans leur lit improvisé. Mais se ravisa et se contenta de l'embrasser.

Cinq minutes plus tard, il était de retour. Frigorifié. Tout de suite, il remarqua qu'elle n'avait pas perdu son temps. Deux petites lampes brillaient et, sur le comptoir encombré était installé tout un attirail d'ustensiles culinaires. Il resta un moment songeur. Cette scène avait quelque chose de... comment dire, quelque chose de chaleureux. De familier.

Mais, déjà, il ôtait son blouson. Elle s'en empara pour aller l'accrocher à la patère, tout contre sa veste. Un geste simple. Et doux. Qu'elle accomplirait, le soir, quand il rentrerait d'une longue journée de travail... Mais à quoi donc rêvait-il ?

— Vous êtes gelé, murmura-t-elle.

Elle prit aussitôt ses mains dans les siennes et lui donna un baiser. Il se laissa envelopper par cette chaleur. Refusant de penser à autre chose, au passé. A demain.

— Alors, ces cookies, dit-elle en lui souriant.

— Ah, oui. Les cookies! Avez-vous un livre de recettes?

— Mais je croyais que les cookies n'avaient pas de secret pour vous, se moqua-t-elle, gentiment.

— J'ai menti.

— Vous m'avez menti?

— Je veux vous offrir un souvenir, Meghan. Un souvenir heureux... qui efface tous les autres!

— Cela n'excuse pas le mensonge. Même un petit mensonge... Bien. Laissez-moi faire. Je dois avoir un livre de cuisine quelque part. Un cadeau de mariage...

Elle fureta un moment sur les étagères et, soudain, s'écria :

— Victoire! Je l'ai!

Kyle nota que l'ouvrage était neuf, encore enveloppé dans son emballage d'origine.

— Approchez donc une lampe, par ici.

Elle lui tournait le dos. Lampe en main, Kyle s'approcha, tout contre elle, et, tendrement, posa ses lèvres sur sa nuque. S'imprégnant de l'odeur de sa peau. De nouveau, il sentit le désir l'envahir, implacable. Meghan ne s'écarta pas et, au contraire, vacilla, à sa rencontre. Et il allait céder, quand elle déclara, sur un ton un peu sévère :

— Tenez donc cette lampe correctement.

— Alors, restez tranquille...

— Arrêtez ça, immédiatement.

— Quoi donc? dit-il en laissant ses lèvres vagabonder sur la courbe de sa nuque, sur ses épaules.

Meghan inclina légèrement la tête en soupirant et murmura :

— Ça! Arrêtez ça. Nous avons du travail!

Ah, oui, les cookies! C'est vrai, ils se trouvaient dans la cuisine et devaient préparer ces fameux cookies. Allons, se sermonna-t-il. Un peu de sérieux. La tentation, pourtant, était trop forte, et il finit par s'exclamer :

— Laissez tomber ces satanés cookies. Retournons plutôt nous coucher!

— Mais... je croyais que vous aviez faim?

— J'ai... faim!

Elle lui sourit. Un sourire plein de complicité. Cette tendre connivence ne fit qu'accentuer encore son désir.

— Je crois qu'il ne faut négliger aucun de ces deux... appétits!

— Meghan?

— Oui...

— Rien! Lisez-moi donc votre recette.

Elle entama alors, presque religieusement, sa lecture. Kyle, aussitôt, se mit en quête de farine et de sucre.

— Sur l'étagère du bas, dit-elle.

Il fouilla un moment, fébrilement, incapable de se concentrer. Non, il ne voyait rien! Que le visage de Meghan et cette expression si troublante qu'un plaisir fulgurant avait imprimé à ses traits.

Elle se tenait à présent derrière lui et c'est avec un soupir faussement excédé qu'elle lui chuchota, vaguement ironique :

— Voilà la farine. Et à côté, vous avez le sucre.

— Inutile de vous moquer. Vous pensez que je ne suis pas à ma place dans une cuisine?

— J'ai quelques doutes, voilà tout. Vous savez, papa était incapable de se faire cuire un œuf. Et, à mon avis...

— Je ne vaux pas mieux! C'est bien ça? Détrompez-vous. J'ai une excuse. Je pensais simplement à tout autre chose.

— Et à quoi donc?

— A vous...

— A moi?

— A votre façon de bouger. A votre manière de vous serrer contre moi... Et à ce désir que je ressens.

Son regard était rivé sur elle. Et ce regard la troublait par son insistance. Son indécence. Pourtant, comme si de rien n'était, elle lança:

— Maintenant, il nous faut de la levure.

— Bien, madame, dit-il en s'inclinant.

A quel jeu jouaient-ils là? Un jeu dangereux dont tous deux ignoraient les règles. Pour l'instant, du moins. Une minute plus tard, Kyle s'appliquait à casser les œufs. A côté de lui, Meghan dosait chaque ingrédient. Comme un vieux couple, songea-t-il. Il était à ce moment pleinement heureux et c'est tout naturellement qu'il se mit à siffler. Pas n'importe quel air, une vieille chanson de Noël. Quelques secondes plus tard, elle l'interrompait:

— Les œufs, vite. Je dois mélanger le tout.

Il regardait la spatule mélanger encore et encore. Doucement, il posa alors sa main sur la sienne. Meghan se tourna vers lui. Il déposa un baiser furtif sur le lobe de son oreille, prêt à tout pour l'étreindre, juste une petite minute, mais soudain, elle chuchota:

— La farine.

Il ne dit rien et s'exécuta. Un souvenir lui traversa soudain l'esprit. Il se revit près de grand-mère Aggie qui l'avait affectueusement baptisé son « petit marmiton ».

Consciencieusement, il versa un peu de farine,

saupoudrant au passage les mains de Meghan. A cet instant, son peignoir s'étant entrouvert, elle s'empressa de le rajuster. Il eut juste le temps d'entrevoir sa peau nue, ses seins... Et brutalement, il oublia la pâte, la farine — tout ce qui ne concernait pas son désir. Il s'empara de ses mains. Vaguement, il entendit la spatule tomber sur le comptoir. Déjà, ses doigts s'étaient faufilés sous le peignoir quand...

— Kyle ?

— Oui, souffla-t-il, à bout.

— La pâte doit reposer au frais, au moins deux heures.

— Dieu merci !

9.

Dans la cheminée, les flammes crépitaient, allègrement. Kyle, porté par le désir, chercha nerveusement à défaire la ceinture de ce peignoir qui semblait le narguer. Meghan, de son côté, paraissait elle aussi en proie à une tendre fièvre. Ses doigts impatients agrippèrent la taille de Kyle. Il ne sentit même pas ses ongles griffer malencontreusement sa peau. Il ne l'entendit pas, non plus, s'en excuser. Non, seul comptait alors le désir d'ôter ce fichu peignoir. Tendrement, elle joignit ses mains aux siennes et les guida, jusqu'à ce que la ceinture cède. Elle était nue, à présent, devant lui, qu'un désir violent pressait. En quelques secondes, il retira son jean et, sans attendre, s'allongea sur elle. Et la posséda, avec passion.

Ce qu'il ressentait alors lui était totalement inconnu. Lui qui ne comptait même plus ses conquêtes, qui croyait tout savoir de l'amour et du sexe, que lui arrivait-il ? Le plaisir qu'il éprouvait avec Meghan lui parut soudain amer. Pour la première fois de sa vie, il désirait plus que le corps d'une femme. Oui, il voulait aussi toucher son cœur. Son âme. Et retenir cette sensation de plénitude avant qu'elle ne se donne — s'abandonne — totalement. Elle cria enfin son nom.

**

Quelques minutes plus tard, Kyle s'efforçait de calmer sa respiration. Son cœur battait à se rompre et son corps palpitait, harassé par l'effort, épuisé de sensations. Il s'écarta de Meghan et la dévisagea. Elle souriait. Un sourire qui le transporta. Sa main, alors, s'aventura sur cette peau qui tremblait encore. Il prit le temps d'en apprécier chaque centimètre. D'abord les joues, puis la gorge...

— Kyle...

— Je vous en prie ! Je veux tout savoir de vous. Ce qui vous trouble, et le reste...

Et comme il allait poursuivre son exploration, elle chuchota :

— Je crois que vous en savez assez.

— Vous croyez ? Je suis sûr que non !

Ses doigts caressaient maintenant ses lèvres. Elle retint un gémissement. Kyle s'interrogea, en s'étonnant de la vivacité et de l'intensité de sa réaction. Imperturbable, il effleura, lentement, avec précision, la courbe de ses seins. Il remarqua alors que ses yeux restaient grands ouverts. Un moment, sa vanité de mâle prit le dessus. Pourtant, il ressentait comme une vague frustration. Non, son plaisir ne lui suffisait pas. Il voulait que cette aventure la transforme, littéralement. Comme lui se savait, déjà, transformé. Car il ne serait jamais plus le même. Le rebelle. Le séducteur patenté. Envolé tout ça ! Meghan avait mis au jour un tout autre Kyle. Attentif. Vulnérable. Intimidé.

— Je vous en supplie, Meghan, guidez-moi.

Lui, l'égoïste, se faisait maintenant tout petit pour satisfaire cette femme. Sans condition. Meghan le guida. L'initia sans plus de pudeur à ses secrets fantasmes, aux mystères de sa chair. Kyle l'aima, comme le fidèle présente son offrande. Et il en retira une joie absolue. Définitive. Il lui avait promis des souvenirs heureux et, à présent, il réalisait qu'elle lui avait donné plus que ce qu'il pourrait jamais lui offrir.

— Un rouleau à pâtisserie ? s'exclama Meghan en fronçant les sourcils. J'ignore même s'il y en a un ici. Peut-être dans ce tiroir, là ?

— Exact ! Je l'ai !

Tous deux se trouvaient maintenant en face de cette boule de pâte qui n'attendait plus que leur bon vouloir. Meghan cependant ne montrait aucune hâte. Ses pensées étaient ailleurs et elle accomplissait chaque geste, sans même s'en rendre compte. Pieds nus sur le carrelage, elle ne ressentait même pas le froid. Une sorte de plénitude la rendait à ce moment imperméable à toutes sensations. N'existait plus que cette chaleur que son corps gardait à la mémoire. Elle se retourna et déposa sur les lèvres de Kyle un baiser.

Elle se sentait comme... comme de retour d'une longue absence. Elle avait redécouvert dans ses bras une féminité qu'elle n'espérait plus. Mieux encore. Elle se découvrait objet de désir. Elle réalisait qu'elle ignorait tout de son corps. Parce que jamais personne n'avait pris la peine de l'initier. De l'aimer.

Elle l'embrassa longuement, intensément. Et quand il l'enlaça, elle chuchota :

— J'aime votre chaleur... votre odeur...

Il ne répondit rien et se pressa plus fort contre elle. Elle laissa ses mains glisser sous son peignoir, courir sur ses seins, ses hanches, ses cuisses... De nouveau, le désir la submergea. Elle ferma les yeux, ne souhaitant plus que se soumettre à sa seule volonté. Il ne lui demanda rien, la supplia encore moins. Il disposa d'elle simplement. Curieusement, pourtant, Meghan fut profondément troublée par cette violence contenue, cette impatience. Tout se passait comme s'il avait désormais tout pouvoir sur son corps. Droit de vie et de mort. Et en l'occurrence de vie, puisque jamais, non jamais, elle ne s'était sentie aussi vivante. Elle s'abandonna au plaisir. Avec Kyle, dans une seule et même plainte.

— Mais... qu'est-ce que c'est que ça ?

Vêtue simplement d'une chemise — empruntée à Kyle — Meghan parut un moment désorientée par ce qu'elle voyait : Kyle, les mains pleines de pâte, devant un objet non identifié.

— Eh bien... c'est un arbre, répondit-il, un peu confus.

— Un arbre ? répéta-t-elle, indécise. Et... ce bidule, tout en haut ?

— Euh... une étoile. Tous les arbres de Noël sont coiffés d'une étoile, non ?

Elle était en vérité touchée par la scène. Il avait l'air si heureux ! Dans ses yeux brillait une joie toute enfantine. A des lieues de ce regard qu'il lui lançait, quelques minutes plus tôt.

— J'ai une idée, s'écria-t-il. Si vous sculptiez quelque chose de gai, à votre tour ?

— Mais... je ne saurai jamais.

— Ne dites pas de sottises. J'ai vu vos œuvres. Je suis sûr que vous ferez bien mieux que moi !

Jamais, Meghan n'aurait pensé que la pâtisserie soit un art si sensuel. Mais tout ne devenait-il pas étrangement sensuel avec Kyle ?

— Meghan?

Il la dévisageait, manifestement anxieux. Oh, et puis, il avait l'air d'y tenir tellement, se dit-elle.

— Bien. C'est d'accord !

Elle se dirigea vers le comptoir. Et, quelques minutes plus tard, observait son travail, perplexe. Une série de clochettes et guirlandes, de petits personnages, plus vrais que nature. Kyle, ravi, s'exclama :

— C'est génial. Un vrai travail de pro !

— N'exagérons rien, chuchota-t-elle.

En fait, elle s'étonnait elle-même du résultat. Ses mains semblaient inspirées, oui. Sûrement, un état de grâce, songea-t-elle. En réalité, à ce moment, elle se souciait peu, pourtant, d'avoir du talent. Son seul souci était Kyle. Ne pas le décevoir. Le séduire. Le retenir...

Elle réalisa soudain qu'ils étaient là, tous les deux, comme sur une île déserte. Déserte mais enchanteresse. Isolés — protégés — du monde. Seuls, oui, mais ensemble.

Ensemble. Le mot résonnait à ses oreilles comme une douce mélodie. En avait-elle fini de la solitude ? Kyle accompagnerait-il désormais ses jours et ses nuits ?

Mais non, il partirait. Bientôt. Et le chalet lui semblerait alors désespérément vide. Plus vide qu'il ne l'avait jamais été. Elle soupira. Et regretta brusquement, l'espace d'un battement de cils, sa petite vie, morne et solitaire. Hier encore, elle n'espérait rien, mais au moins, était-elle à l'abri des déceptions. Hier encore, ces murs étaient vides de sentiments et de désir. Mais demain, qu'en serait-il ? Et elle se prit soudain à détester Kyle. Un bref instant, juste le temps de comprendre qu'il lui était devenu indispensable...

Et puis non ! Elle ne devait voir que le bon côté des

choses. Et vivre cette rencontre sans penser aux lendemains. L'avenir ? On verrait bien ! Après tout, dans le pire des cas, elle garderait de fabuleux souvenirs de ce Noël !

Résolue soudain à ne plus songer qu'à l'instant présent, Meghan inspira profondément et, mécaniquement, retira du four la première fournée de cookies.

Aussitôt, Kyle se précipita :

— Pas mal du tout ! s'exclama-t-il.

— Gourmand !

Oui, et quelle sensualité dans sa gourmandise. Elle fut alors jalouse de ce plaisir sur les lèvres de Kyle et, refusant de rester à l'écart, s'approcha et s'empara de sa bouche. Il lui rendit son baiser. Un baiser sucré, irrésistible. Il prit alors sa main et l'entraîna vers le salon. Là, de nouveau, il l'aima, avec la même fougue. Et dans leur corps à corps impatient et avide, elle se perdit. Pas même consciente d'une vague odeur de brûlé...

Impossible de travailler ! De se concentrer. Meghan croisa nerveusement les bras. Les yeux brouillés de larmes, elle regardait l'ange qu'elle s'efforçait de sculpter.

Comment avait-elle pu se montrer si faible ? Quelle folie !

Elle pensa à la nuit dernière. Une nuit magique. Terrifiante. De plaisir, d'émotions.

Oh oui, Kyle avait tenu sa promesse. Oui, dans le secret de sa mémoire, désormais, elle garderait un superbe trésor. Inespéré.

Elle s'était pourtant juré... Juré de ne plus tomber dans le panneau, d'interdire à son cœur la moindre faiblesse. Elle croyait pourtant avoir tiré les leçons du passé.

Le passé... Durant près de deux semaines, après l'envoi des papiers du divorce, elle avait sombré dans le désespoir, pleurant à longueur de journée, refusant toute visite, recroquevillée dans sa douleur. Puis, enfin, un jour, elle s'était reprise. Avait contacté son avocat, redressé la tête. Et s'était fait une promesse. Ne plus aimer et, surtout, ne plus accorder sa confiance.

Meghan essuya ses larmes. Elle devait cesser de pleurer. Immédiatement. Elle regarda à ce moment par la fenêtre et s'étonna de la métamorphose si soudaine du paysage. Le soleil brillait maintenant de tous ses feux. Tel un champ de diamants, la campagne étincelait de milliers de cristaux de neige, à perte de vue. Le ciel était parfaitement dégagé, d'un bleu intense, et l'on apercevait au loin d'immenses pics coiffés de blanc. Son regard surprit soudain un corbeau qui alla se percher sur la cime d'un sapin.

Un sapin. A l'avenir, le moindre sapin lui rappellerait Kyle. Kyle et ses cookies de Noël.

Eh bien, s'il devait partir, qu'il s'en aille, dès aujourd'hui. Le plus tôt serait le mieux. Et surtout, qu'il emporte avec lui cette obsession de Noël.

Une fois de plus, la leçon était cruelle. Et Noël un cauchemar. Le temps des désillusions et de l'abandon. Oui, qu'il parte !

Elle ne lui en voulait pas. Après tout, Kyle ne s'était à aucun moment engagé à rester. Il était de passage et elle s'était tout simplement trouvée sur sa route. Puis, ils s'étaient aimés. Non, elle n'avait pas le droit d'espérer autre chose. Et cette souffrance qui la rongeait ne changerait rien à cette affaire. A chacun son destin !

Elle sursauta. Kyle venait de frapper à la porte de l'atelier.

— Meghan ?

Elle appuya son front contre la vitre, glaciale. En fermant les yeux, elle pria, supplia les dieux qu'il s'en aille. Au plus vite ! Elle avait besoin de rester seule. Et, tout autant, de se blottir dans ses bras.

Oh, et puis zut ! Elle ne savait plus où elle en était. Et cela, depuis qu'elle s'était faufilée hors de leur lit improvisé. Comme une voleuse, elle s'était alors réfugiée dans son atelier. Et là, dans le silence et la solitude, elle avait cherché des réponses. Cherché une issue. En vain.

— Je pensais bien vous trouver ici.

Le son de sa voix agit sur elle comme un baume. Apaisant. En même temps, elle frissonna. Bientôt, oui, très bientôt, cette voix se tairait, définitivement.

— Nous devons parler, Meghan. A travers la porte, si vous le souhaitez, mais nous devons absolument parler...

Et voilà ! Voilà qu'elle lui cédait, une fois encore. Oh, inutile de chercher à lui résister. Quelques heures avaient suffi pour qu'il obtienne tout d'elle. Comme hypnotisée, docile, elle ouvrit la porte et, immédiatement, s'en éloigna.

— Vous me fuyez... Pourquoi ?

Pour sauver ma peau, songea-t-elle en le regardant. Il ne s'était pas rasé. Et cela le rendait encore plus sexy, réalisa-t-elle en frissonnant. A ce moment, Kyle s'avança. Elle ne fit pas un geste, refusant d'écouter cette petite voix en elle qui lui conseillait de fuir.

Lorsqu'il posa ses mains sur ses épaules, elle s'ordonna de garder la tête froide. De ne pas succomber à l'émotion.

Bon sang, il devait bien y avoir une explication à tout cela. Une explication raisonnable. Elle chercha alors désespérément dans son regard. Mais rien! Elle ne pouvait se raccrocher à rien.

— J'avais besoin de travailler, dit-elle, tout en se reprochant la grossièreté de son mensonge.

Kyle la dévisagea, de toute évidence sceptique. Bien! Il ne la croyait évidemment pas. Mais qu'il ait au moins la délicatesse de ne pas lui lancer ce regard. Vaguement narquois.

— Travailler? Alors, pourquoi votre table est-elle vide?

Décidément, rien ne lui échappait.

— Et vos yeux pleins de larmes? ajouta-t-il.

— Vous vous trompez, s'exclama-t-elle, la voix cassée par l'émotion.

Il ne la tortura pas plus. Affectueusement, il caressa son visage et murmura :

— Vous avez pleuré.

Elle eut soudain envie de lui parler. De lui avouer que son cœur... Mais Kyle ne lui en laissa pas le temps.

— Nous avons fait l'amour, cette nuit, chuchota-t-il avant d'ajouter, visiblement troublé, et lorsque je me suis réveillé, vous n'étiez plus à mon côté. J'ai fait toutes sortes de choses, alors. J'ai préparé le petit déjeuner, bricolé, nourri votre chien... et attendu.

Meghan ne le quittait pas des yeux. Partagée entre la crainte et le désir d'entendre ce qu'il avait à dire. Jusqu'au bout. Il continua :

— Et attendu encore. J'ai tout imaginé alors. Vous deviez vous habiller. Ou prendre votre douche. Peut-être au travail. Mais rien de tout ça! Et puis... Puis, j'ai compris. J'ai soudain compris que vous fuyiez. Et j'ai réalisé que c'était moi que vous fuyiez ainsi.

Il ne la quittait pas des yeux, impitoyable. Comment échapper à ce regard ? Non, elle ne le pourrait pas — ne le voulait pas. Il n'y avait rien face à ces yeux qu'elle pût plus longtemps dissimuler.

— Dites-moi, Meghan... après... Au nom de ce que nous avons vécu, ne me devez-vous pas quelques explications ?

10.

— Je ne peux pas, avoua Meghan.

— Quoi donc ?

— Je ne peux pas... me confier. Je sais tous les efforts que vous faites. Et je vous en suis reconnaissante, mais... non, cela ne nous mènera à rien.

— Et pourquoi non ? Qu'en savez-vous ? Je vous en prie, faites-moi confiance. Vous n'avez rien à craindre.

Il ne céderait pas. Elle frissonnait, visiblement à la torture, et tentait de retenir ses larmes. Que faire, que dire ? Kyle s'interrogeait, perplexe. Il n'avait jamais été doué pour essuyer des pleurs. En réalité, il ne s'était jamais réellement soucié des émotions d'une femme. Et, pour tout dire, jusqu'à présent, il n'avait même jamais essayé de les comprendre.

Il la tenait enlacée et, mon Dieu, qu'aurait-il pu désirer d'autre ? Sinon l'aimer, tout simplement. Meghan... car elle était peut-être la seule raison valable qui s'opposait maintenant à ce destin tout tracé qui l'attendait. Avant elle, déjà, il hésitait. A présent, il ne pouvait même plus envisager de rentrer. De la quitter.

Il s'imagina un moment, loin d'elle. Sa mémoire assaillie par ces instants magiques qu'ils avaient partagés. Le souvenir de Meghan lui tiendrait compagnie, là-bas, à Chicago. Accompagnerait ses jours sans joie et ses maudites nuits. Là-bas, sa mémoire serait son alliée, son refuge. L'image de Meghan, son parfum, sa voix, sa peau... oui, il serait moins seul. Mais, pour l'heure, il devait agir, briser absolument ce silence, même si cela devait rendre les choses plus difficiles encore.

— Ne me repoussez pas, Meghan.

Une idée lui était soudain venue. Et pas n'importe laquelle. Peut-être même courait-il à l'échec ? Bah, on verrait bien...

— Allez vous habiller... et chaudement. Nous allons chercher un sapin.

Meghan se renfrogna et ne répondit rien. Kyle jura intérieurement contre ce silence. Il fallait en sortir. Et il devait prendre sur lui. L'arracher à cette détresse, malgré elle.

— Kyle, murmura-t-elle alors, écoutez, je... je déteste Noël.

Non, elle aurait beau le supplier, il ne baisserait pas les bras. Aussi s'empressa-t-il de la reprendre :

— Non... vous détestiez Noël ! Jusqu'à aujourd'hui. Jusqu'à hier. Allons, s'il vous plaît, habillez-vous ou... ou je vous avertis, je vous oblige à sortir en peignoir.

— Vous n'oserez pas, chuchota-t-elle en affectant de bouder.

— Croyez-vous ? rétorqua-t-il en croisant soudainement les bras.

— Vous... vous êtes sérieux ?

— Sans aucun doute.

Meghan le dévisagea et il reconnut dans ses yeux cette lueur de défi qui, dès le premier regard, l'avait si profondément troublé.

— Je ne veux pas de sapin chez moi, lança-t-elle soudain.

— Je vous accorde un quart d'heure ! Pas plus ! Je serai dans la cuisine, lança-t-il, intransigeant.

Sur ces mots, après un rapide coup d'œil à sa montre, il tourna les talons et sortit tranquillement de l'atelier. Déterminé à aller jusqu'au bout.

Une fois en bas, il tenta de s'occuper l'esprit. Il attendrait. Un quart d'heure. Alors, sans même y penser, il commença à s'affairer. Il réapprovisionna le stock de bûches, près de la cheminée. S'empara ensuite d'un marteau et de quelques clous et répara la porte du placard de la cuisine. Bientôt, il serait loin... mais d'ici là, il s'était promis de faire le maximum pour elle.

Il regarda de nouveau sa montre. Déjà onze minutes s'étaient écoulées. La douche ! Oui, c'était bien le bruit de la douche. Ainsi donc, elle s'était décidée... Quelques minutes plus tard, en effet, elle l'avait rejoint. Juste à l'heure, nota-t-il. Soit, elle affichait une moue désapprobatrice, mais au moins, elle était là. Revêtue d'un jean noir et d'un sweat. Tout simplement délicieuse !

— Je ne fais pas cela de gaieté de cœur, croyez-le !

— Je sais, dit-il avec reconnaissance.

Et il déposa un petit baiser sur ses lèvres.

Ils sortirent du chalet, non sans s'être chaudement habillés. Tempête leur emboîta aussitôt le pas et, dans sa précipitation, réalisa une superbe glissade sur une plaque de verglas avant d'aller atterrir sur une congère. Meghan éclata de rire. Un rire spontané et franc qui retentit en lui comme une musique incomparable. Oui, Meghan ne pouvait se comparer à aucune de ses rencontres passées. Cela lui aurait pourtant rendu les choses plus faciles. Tant pis...

Ils firent un détour par la remise où Kyle s'empara d'une hache et d'une scie. De son côté, Meghan en profita pour faire quelques caresses à Aspen. Le cheval hennit aussitôt de plaisir et frotta affectueusement son museau contre la main de sa maîtresse. Comme il devait être doux de vivre ici, loin du stress, des contraintes et de l'hypocrisie, ces fléaux connus de tout chef d'entreprise. Qui plus est quand cette entreprise affiche un bénéfice annuel de plusieurs millions de dollars. Oui, comme ce devait être doux, se répétat-il, en soupirant, cette fois.

— Prête?

Tous deux s'enfoncèrent lentement dans ce paysage métamorphosé par la neige. Le vent, si violent la nuit passée, était à présent tombé. Un soleil éclatant brillait dans le bleu limpide du ciel.

Meghan avançait, silencieuse. Grâce au ciel, elle semblait enfin ne plus bouder. Leur route les mena bientôt au pied d'une petite colline sur laquelle on apercevait un bosquet de sapins. Kyle leur fraya un chemin dans la neige et ils commencèrent à grimper.

— Et dire qu'hier encore c'était la tempête, remarqua Meghan. Le ciel était si bas. Et aujourd'hui, à peine un petit nuage, ici et là. C'est incroyable, non?

Il approuva, d'un signe de tête. Absent. Cette nuit, alors qu'il la regardait dormir, une idée folle lui avait traversé l'esprit. Et s'il l'emmenait à Chicago, avec lui?

— Vous aimez cet endroit, n'est-ce pas?

— Je ne peux pas imaginer vivre ailleurs, dit-elle en fermant les yeux, comme pour mieux s'imprégner de la nature environnante.

Et lui-même ne l'imaginait pas vivre ailleurs qu'ici. Et cette évidence lui fut soudain insupportable. Comme lui était insupportable sa détresse, aussitôt qu'elle évoquait ses souvenirs d'enfance.

— Vous n'y avez pas toujours vécu ici ?

— Oh non. J'étais une citadine. J'ai habité toutes les plus grandes villes de la planète. J'ai aimé chacune d'elles, mais... mais c'est ici que je me sens chez moi. Sur cette terre que les Indiens ont baptisée la Terre des Cieux. Et c'est vrai que le ciel n'y est jamais le même. Le paysage n'offre jamais les mêmes couleurs. Et...

— Oui ?

Meghan rougit, puis murmura :

— Non. Cela vous semblera ridicule.

Il l'encouragea, du regard.

— Cette terre... m'inspire. Me réconforte. Je n'ai pas peur du lendemain... Voilà ! Je savais que je vous paraîtrais ridicule !

— Mais pas du tout ! Je comprends très bien.

Et il était véritablement sincère. Oui, lui, l'homme pressé, le citadin invétéré éprouvait pour la première fois de sa vie une vraie émotion face à la beauté de cette nature. Il regardait ce paysage. Oui, il comprenait ce que Meghan ressentait. Jamais, auparavant, il n'avait rencontré quelqu'un qui montre autant de passion pour la nature.

Alors, décidément, Chicago n'était pas pour elle. Elle ne ferait que s'étioler, là-bas. Il la voyait encore moins en... épouse d'homme d'affaires, rompue aux civilités, travaillant dans l'ombre pour promouvoir la carrière de son mari. Non, tout cela était inimaginable !

Ce n'était même pas la peine d'y songer. Et il ne lui en ferait pas la demande. Juré !

Il soupira. Un soupir désespéré, venu du plus profond de son âme. Il souffrait déjà, car Meghan, à l'évidence, lui manquerait.

Ils pénétrèrent bientôt, en silence, dans l'épaisseur

du bosquet. La neige était plus rare, ici, et n'avait fait que saupoudrer le sous-bois. A peine le soleil parvenait-il à percer.

— Que pensez-vous de celui-ci? demanda Meghan en désignant un sapin tout rabougri.

— Trop petit!

— Et celui-ci?

— Trop gros. Nous ne parviendrons jamais à le faire rentrer dans le chalet.

Un faucon fendit les airs et se jucha sur une branche, juste au-dessus de leur tête. L'instant d'après, une pluie de neige s'abattait sur eux. Meghan éclata de rire. Kyle frissonna. Ce rire, une nouvelle fois, ébranla tous ses sens. Alors, à cet instant précis, il sut que sa place était ici.

— Bien, monsieur... puisque aucun de mes sapins ne vous convient...

— Mais, Meghan... le premier était bien trop décharné, je vous assure! Il lui manquait la moitié des branches.

Elle riait et riait encore. Et ce rire, il ne pourrait plus jamais s'en passer. Plus jamais l'oublier.

— N'empêche! Il se serait trouvé bien au chaud, dans le chalet.

Incorrigible! Voilà son côté bon Samaritain qui ressortait. Car c'était en fait comme si elle devait absolument choisir le sapin le plus chétif, le plus pitoyable, le plus solitaire. Pour lui offrir un toit, de la chaleur et de l'amour. Comme elle l'avait fait pour son chien, son cheval...

— Celui-là, s'écria-t-elle soudain, l'air déterminé, cette fois.

Kyle observa un moment le sapin en question et finit par s'incliner.

— Bien, madame ! Vos désirs sont des ordres, dit-il en soulevant sa hache.

— Attendez, s'écria-t-elle. Vous avez déjà abattu un arbre ?

— Non... cela ne doit pas être bien sorcier, répliqua-t-il, avant d'ajouter : je plaisante. Je suis menuisier dans l'âme.

— Menuisier ?

Mais que lui avait-il pris de se confier ainsi ? Oui, il aimait le bois. Une vraie passion. La première, en fait, et la seule. Jusqu'à aujourd'hui.

— Mais... c'est un loisir ou votre travail ?

— Un loisir !

— Et vous aimeriez en faire votre métier, n'est-ce pas ?

— Tout le monde peut rêver...

— Et c'est parce que l'on vous interdit ce rêve que vous hésitez à rentrer chez vous, conclut-elle.

Kyle tressaillit. La plaie était trop sensible. Meghan faisait preuve d'une perspicacité étonnante. Tranchante. Qui, soudain, réduisit à néant le peu de courage dont il disposait encore.

— Oh... je survivrai, affirma-t-il, moins à l'intention de Meghan que de lui-même. Cela restera toujours mon hobby.

Il ne devait plus songer à tout ça ! Elle avait raison, incontestablement, mais il n'y avait plus à revenir sur le sujet. Avec une précision surprenante, sans trembler, il abattit sa hache contre le tronc frais.

Moins de dix minutes plus tard, l'arbre était parfaitement tranché. Kyle se tourna vers Meghan :

— Reculez-vous un peu. On ne sait jamais.

Meghan obéit sur-le-champ, non sans avoir auparavant saisi Tempête par le collier. Kyle respira profondément. Un coup, puissant et bien ajusté... le sapin gisait maintenant à terre. Tempête échappa à sa maîtresse et se mit soudain à aboyer tout en gambadant autour de l'arbre mort.

Durant plusieurs secondes, ils se regardèrent, sans rien dire. Enfin, Meghan chuchota :

— Impressionnant.

Elle avait parlé sans colère. Il avait craint, un moment, qu'elle ne lui reproche d'assassiner cette nature qu'elle affectionnait tant. Soulagé, il songea à ce bonheur qu'il éprouvait au contact du bois. A travailler cette matière, noble et chaleureuse. A s'imprégner de ses parfums.

Il pensa alors à ce bungalow qu'il projetait de construire dans le nord du Wisconsin, au bord d'un lac. Déjà, les coupes étaient prêtes, mesurées et taillées... mais il n'aurait probablement jamais le temps de terminer son ouvrage. Et, à supposer que ce bungalow voie le jour, qui donc l'y accompagnerait ? Tiens, se dit-il, c'est bien la première fois que je me soucie d'emmener quelqu'un là-bas...

— Et à présent, quel est le programme ?

— Quelques petites retouches, et c'est fini.

Il s'affaira quelques minutes et, comme il commençait à transpirer, retira son blouson qu'il tendit à Meghan. Un bref instant, il tenta d'imaginer ce qu'elle ferait, au Noël prochain. Achèterait-elle un sapin ? Ou se comporterait-elle comme si Noël n'existait pas ?

— Kyle ?

Il se retourna. Elle arborait un sourire plein de malice. Avant même qu'il comprenne ce que cachait ce sourire, une boule de neige atterrit sur son torse. Il n'eut guère le temps de réagir. Meghan s'enfuyait en direction du chalet, Tempête sur les talons.

Kyle laissa tomber sa scie et ramassa à la hâte une poignée de poudreuse. Il se mit à courir derrière Meghan et déjà la rattrapait. Elle semblait épuisée, tant elle riait. Il ne manqua pas sa cible et la boule de neige alla s'écraser sur son manteau. Il courut encore quelques mètres, puis, d'un bond, l'agrippa. Tous deux roulèrent au sol et quand ils s'immobilisèrent, Kyle s'exclama :

— Grâce ! Demandez grâce et je vous lâcherai.

En guise de réponse, elle éclata de rire. Son visage était barbouillé de neige. Comme il tentait de la maintenir à terre, elle posa un baiser furtif sur ses lèvres. De surprise, il la relâcha. Elle en profita pour échapper à son étreinte et s'enfuir, à grandes enjambées. Tempête, visiblement enchanté par ce chahut, sautillait en tous sens et aboyait bruyamment.

Se débarrassant de la neige qui avait glissé sous sa chemise, Kyle reprit bientôt sa course. Cette fois, il attrapa le bas de son manteau puis parvint sans peine à l'immobiliser. Ils chutèrent et, en quelques secondes, Meghan se trouva clouée au sol.

Elle le fixa, les joues rosies par l'effort et l'émotion. Un sourire radieux illuminait à cet instant son visage.

— Grâce, dit-elle, entre deux éclats de rire.

— Pas question. Je vous tiens, je vous garde.

Meghan se mit à gesticuler, essayant de lui échapper, de toutes ses forces. Kyle se fit alors plus lourd. Vaincue, elle laissa retomber sa tête dans la neige.

— L'heure est venue, dit-il, l'air faussement menaçant. Vous devez payer, maintenant.

Elle frissonna. De froid ? se demanda Kyle.

— Rentrons, dit-il, l'air soudainement grave.

**

Vous devez payer, avait-il dit. Meghan se laissa envahir par le trouble... ces émotions, oui, n'avaient pas de prix !

La nuit passée, elle était restée froide, distante. Toujours ce serment ; ne plus faire confiance... A présent, un seul regard de Kyle, et toutes ses bonnes résolutions s'évanouissaient, comme neige au soleil. Le chasser ? Impossible. Trop tard. Elle était déjà touchée au cœur. Et c'était bien là le pire qui puisse lui arriver.

Le sapin... Ce ferait un bien agréable souvenir, songea-t-elle.

Kyle s'approcha et, aussitôt, elle oublia. Le froid, l'angoisse. Seule la passion s'imposait. Il se déshabillait. Elle l'imita. Et tous deux s'allongèrent. Il la posséda avec autant d'impatience qu'elle le désirait. Cette étreinte fut totale, presque désespérée. Elle avait si peur alors qu'il s'éloigne, l'abandonne.

Non, les douleurs du passé ne resurgiraient pas ! Pas avec Kyle ! Et pourtant... pourtant, les équipes de déneigement seraient bientôt là. Et Kyle prendrait la route. Retournerait à ses responsabilités. A sa vie.

Et tous deux accompliraient leur destin. Chacun de leur côté.

Seuls.

Son corps se refusait à ce constat. Pas maintenant. Maintenant, il n'y avait que cette vérité : il l'aimait. Et, bientôt, la ferait souffrir comme jamais elle n'avait souffert... Tant pis, se répéta-t-elle en fermant les yeux. Et elle se perdit, en gémissant.

De retour de la remise, Kyle accrocha son blouson à la patère :

— Super ! s'exclama-t-il, j'ai trouvé un seau pour le sapin et de la ficelle. Qu'y a-t-il comme décorations de Noël, dans le carton ?

— Oh... une douzaine de boules multicolores... Un peu de ruban, du papier crépon. Et une cassette de chants de Noël.

La tristesse assombrit soudain son visage. Fugitivement. Très vite, pourtant, elle se reprit.

Avant d'aller dans la remise, il était monté au grenier et il avait déniché un carton sur lequel était gribouillé « Affaires de Noël ». Juste à côté, se trouvait une boîte portant la mention « Vêtements de noce ». Kyle avait tressailli, comme si le passé de Meghan devenait soudain plus réel. Il était alors redescendu, emportant avec lui le carton de Noël. Il avait juré de lui offrir un Noël inoubliable.

Juste à côté se trouvait une boîte. Portant la mention « Vêtements de Noce ». Kyle avait tressailli, comme si le passé de Meghan devenait soudain plus réel. Il était alors redescendu, emportant avec lui le carton de Noël.

Il avait juré de lui offrir une mémoire toute neuve. Et surtout, heureuse. Il ne devait pas perdre de vue cette promesse.

— Vous avez du maïs ? s'exclama-t-il soudain.

— Peut-être... dans ce placard. Mais, je vous préviens, il date un peu.

— Il ne s'agit pas de le manger.

Il la regarda du coin de l'œil, puis finit par l'interroger :

— Ne me dites pas que vous n'avez jamais fait de guirlandes de pop-corn ?

Meghan hocha la tête.

— Non ? Bien, avez-vous une aiguille et un peu de fil ?

— Bien sûr.

— Alors... c'est parti !

En sifflotant, Kyle s'empara d'une poêle et se mit aussitôt en quête du pot de maïs.

— Sur l'étagère du haut, dit Meghan en s'approchant tout près — trop près — de lui. Oh, excusez-moi, je ne voudrais pas vous distraire dans votre travail...

— Me distraire? s'écria-t-il en la prenant par la taille. Mais, je suis distrait. Définitivement distrait.

Il l'embrassa. Un baiser dont la tendresse la fit vibrer. C'était comme si le désir palpitait, blotti en elle, vigilant, prêt à imploser à la moindre étincelle.

Kyle jeta le maïs dans la poêle et se revit, enfant, sacrifier au fameux rituel des pop-corn, dans la cuisine de grand-mère Aggie... Comme elle lui manquait, aujourd'hui. Ils étaient si proches. Aurait-il, un jour enfin, la chance de pouvoir partager la même tendre complicité avec quelqu'un? Une famille! Oui, c'était là la seule voie vers le bonheur. Fonder une famille. Sa famille...

Les premiers pop-corn dansaient à présent dans la poêle. L'image de Meghan, en mère de ses enfants, lui traversa soudain l'esprit. Allons, reprends-toi, se dit-il en se concentrant sur ses pop-corn qui sautillaient à présent dans tous les sens.

— Voilà, c'est prêt, dit-il en allant s'asseoir à côté d'elle.

Il prit alors le fil qu'elle lui tendait et s'apprêtait à confectionner une première guirlande quand elle déroba une poignée de pop-corn.

— Humm... délicieux, chuchota-t-elle.

Oui, délicieux, songea-t-il, fasciné par sa bouche. A son tour, il saisit quelques pop-corn et les lui tendit. Simplement pour le plaisir de voir bouger ses lèvres, d'apercevoir sa langue. Du plus loin qu'il se souvienne, jamais personne, non personne, ne l'avait troublé à ce point. Et ce trouble n'était pas que sensuel.

Soit, sur le plan purement physique, il éprouvait une véritable passion pour elle. Mais il y avait plus, bien plus. Quelque chose d'indispensable à sa vie. D'essentiel à son bonheur.

Il soupira. Il avait fui Chicago, espérant trouver sur sa route des réponses. Et voilà qu'aujourd'hui, il était assailli de plus de questions encore.

Quelques minutes plus tard, ils se retrouvaient dans le salon. Kyle regarda le sapin puis, autour de lui, sceptique.

— Meghan, où voulez-vous que je l'installe ?

Elle désigna une petite niche, près de la cheminée. Déjà, la pièce était imprégnée du parfum entêtant du résineux. Un parfum indissociable de Noël. Kyle venait à peine de caser l'arbre, quand Meghan intervint :

— Euh... excusez-moi ! Pouvez-vous le pousser un petit peu plus sur la droite ?

Il s'exécuta, sans broncher, malgré les aiguilles qui égratignaient sa peau.

— Pardon... Il me semble trop à droite, à présent.

Kyle, toujours en silence, tenta de corriger la position du sapin. Et de nouveau, se griffa.

— Voilà, s'écria-t-elle enfin. C'est parfait, maintenant.

Et soudain, Kyle décela dans son regard une lueur de joie qu'il ne lui connaissait pas. Après tout, cela était un peu grâce à lui...

— Bien, dit-il, satisfait, à présent fixons-le solidement. Avant que je ne sois écorché vif...

Tous deux s'efforcèrent alors de redresser convenablement leur sapin. Ce ne fut pas chose facile, le seau déniché par Kyle n'étant pas conçu pour supporter une si lourde charge.

— Aïe ! gronda soudain Meghan, ça pique.

Une minute plus tard, le sapin reposait enfin, bien calé. Meghan tendit à Kyle une guirlande de pop-corn :

— Vous êtes le plus grand. Vous arriverez à l'accrocher bien mieux que moi.

En quelques gestes, Kyle se contenta de faire courir la guirlande depuis la cime du sapin jusqu'au tronc. Meghan, adoptant une mimique dubitative, fit alors remarquer :

— Vous pourriez l'enrouler tout autour de l'arbre, ça serait plus joli.

— Mais je croyais que vous n'aviez jamais décoré de sapin, auparavant.

— J'ai un certain don pour la décoration, c'est tout.

Elle s'approcha de lui et se saisit de l'une des extrémités de la guirlande. Au bout d'un moment, tous deux appréciaient, ravis, le résultat. Kyle se mit alors à entonner un tonitruant « Mon beau sapin ». Aussitôt imité par Meghan qui, ignorant les paroles exactes de la chanson, improvisa. Kyle vécut ce duo comme un vrai moment de bonheur. Un bonheur d'un genre particulier, qu'il n'avait pas ressenti depuis bien longtemps.

Leur chanson terminée, Meghan s'exclama :

— Il faut déposer quelque chose, sur la cime.

— Et pourquoi pas... un ange ?

— Je reviens, s'exclama-t-elle, les yeux brillant de joie.

Elle se précipita dans l'escalier et redescendit, deux minutes plus tard, plusieurs anges dans les mains.

— Prenons ceux-ci, dit-elle, tout essoufflée, ce sont ceux que je n'ai pas pu vendre.

Et, sans perdre de temps, elle accrocha quelques anges, ici et là, sur les branches et un dernier, tout en haut.

142

— Des cookies! s'exclama Kyle.

— Pardon? Ne me dites pas que vous avez encore faim? s'écria-t-elle, surprise.

— Des cookies... pour le sapin.

— Un sapin... vous pensez qu'il aime les cookies, se moqua-t-elle gentiment, en riant.

Ce rire, si doux, si vrai. Non, jamais il ne l'oublierait.

— Non, ce n'est pas ça. Mais, on pourrait en décorer notre arbre.

— C'est une excellente idée, convint-elle en frissonnant de ce « notre », si tendre...

Vingt minutes plus tard, elle s'exclamait, enchantée.

— Nous avons fait du beau travail!

Kyle recula et observa l'arbre, dans ses moindres détails. Pas mal, en effet, se dit-il, bien qu'il trouvât que cette décoration manquât un peu de lumière, de reflets. Non, décidément, leur sapin avait quelque chose d'inimitable.

— Nous formons une bonne équipe, rajouta alors Meghan.

— C'est juste, approuva-t-il en la regardant, tout en se délectant de son sourire... fasciné par son jean qui moulait de façon très suggestive ses cuisses, ses hanches...

— Ça commence à ressembler à quelque chose, dit-elle.

— A Noël.

Il retourna vers le sapin et en détacha une branche. Puis, revenant vers Meghan, il la saisit par la taille.

— Mais que faites-vous?

— Du gui!

— Je ne sais peut-être pas grand-chose sur Noël, remarqua Meghan, mais je peux vous garantir, monsieur Murdock, que ceci n'est en aucun cas du gui!

— Si, c'est du gui ! Parce que je l'ai décidé. Et je me tiens juste dessous. Donc, vous me devez un baiser.

Elle se serra alors, tout contre lui.

— Kyle... je n'ai besoin d'aucun alibi pour vous embrasser.

— C'est vrai ?

Elle passa ses bras autour de son cou, et, doucement, chuchota, en lui offrant ses lèvres :

— C'est vrai.

11.

Meghan s'éveilla, lentement. Elle sourit et bâilla aux anges, avant de s'étirer, avec indolence... Puis, insidieusement, elle ressentit l'absence de Kyle. Elle s'assit dans le lit et son sourire s'évanouit. Il n'était pas là! Mais où était-il passé?

Et soudain, elle comprit. Noël! C'était demain. Oui, et Kyle à cette heure était déjà probablement loin. Il l'avait laissée. Comme Jack!

Un instant, son cœur cessa de battre. Elle saisit son peignoir et prêta l'oreille, essayant de percevoir un bruit quelconque. Rien. Le silence complet. Le chalet était calme... aussi calme et mort qu'avant la venue de Kyle.

Une terreur sans nom s'empara brusquement d'elle. Ainsi donc, elle serait toute sa vie condamnée à passer Noël dans la plus glaciale des solitudes. Il était parti! Sans même un au revoir. Elle ne lui en voulait pas. Après toutes les promesses qu'il lui avait faites, après ces moments si intenses... Oui, il n'avait pas eu la force de lui dire, les yeux dans les yeux, « je pars ».

En tremblant, elle noua nerveusement la ceinture de son peignoir et, après quelques hésitations, se dirigea vers la cuisine. La gorge nouée, le cœur au bord de l'implosion, elle s'approcha de la fenêtre et écarta le rideau.

Dehors, Tempête furetait dans la neige, jouait comme un fou déchaîné. Meghan, pourtant, ne sourit pas à cette scène. Aucune trace de Kyle! Mais... elle s'en doutait.

Elle se précipita dans le salon. Peut-être y trouverait-elle sa sacoche? Elle crut alors défaillir. Oui, le sac de cuir était bien là. A sa place.

Et la vérité s'imposa à elle, surgie du plus profond de son âme. Meghan, à présent, ne pouvait plus nier.

Elle aimait Kyle.

L'aimait. Ce verbe, depuis si longtemps banni de son vocabulaire et de sa vie, prenait maintenant une couleur particulière. Alors, dans la fraîcheur de ce petit matin, elle chuchota, hésitante, encore apeurée :

— Je t'aime.

Puis elle se laissa tomber sur leur lit et ferma un moment les yeux. Elle était amoureuse. D'un amour impossible.

Elle ne pourrait pas confier à Kyle ce qu'elle éprouvait, jamais elle ne le supplierait de rester. Elle appréciait son courage, son sens des responsabilités vis-à-vis de son père, de l'entreprise familiale. Et ces traits de caractère qu'elle admirait, pourtant, allaient la priver du bonheur de partager sa vie. Jamais elle ne s'aviserait de le détourner de ses engagements, de lui suggérer même de renoncer à son destin.

Elle laissa couler les larmes. Non, elle ne dirait rien, ne ferait rien qui puisse le tourmenter plus encore qu'il ne l'était.

Elle resta là, sur le lit, effondrée. Lorsque Jack l'avait quittée, elle s'était convaincue que la solitude était un mode de vie tout à fait acceptable. Et, jusqu'à aujourd'hui, elle en était intimement persuadée. A présent, elle se demandait comment elle avait pu se mentir si effrontément. Elle frissonna. La voix de Kyle lorsqu'il prononçait son nom, son odeur, l'éclat de son regard, la douceur de ses baisers, sa puissance... tout lui manquait, de lui, tout lui était nécessaire. Vital.

Alors, elle décida de ne plus perdre une seconde et de profiter de sa présence, pleinement. Et jusqu'à la fin. Sa douleur ? On verrait plus tard. Elle aurait tout le temps de guérir. Ou, au moins, d'apaiser ses blessures. Mais pour l'heure... pour l'heure, il était encore là ! Et elle ne le laisserait pas s'en aller sans abreuver encore et encore sa mémoire de nouveaux souvenirs.

Elle essuya ses larmes et, déterminée, alla se doucher.

Plus tard, de retour dans la cuisine, elle se posta à la fenêtre et cette fois, l'aperçut. Accroupi près de sa Harley. Kyle en examinait les pneus. En un rien de temps, elle mit de l'eau à chauffer et enfila ensuite son manteau. Quelques minutes plus tard, elle le rejoignait, une tasse de chocolat chaud à la main.

Fou de joie, Tempête bondit vers elle.

— Calme-toi, Tempête, ordonna-t-elle.

— Bonjour, dit Kyle, d'une voix grave.

Il la regarda à ce moment de telle façon qu'elle rougit. Nul doute que dans sa tête — comme dans la sienne, d'ailleurs — persistaient encore les images de leurs tendres étreintes. Des images que, bientôt, elle ressasserait, seule.

— Bonjour, répondit-elle avec peine.

— Vous avez bien dormi ?

— Non, avoua-t-elle. Un amant insatiable m'en a empêchée.

— Euh... insatiable?

— Oui.

Kyle vint alors vers elle, lui prit la tasse des mains pour la poser sur la selle de sa moto et approcha son visage. Elle regarda ses lèvres, désirant alors plus que tout un baiser. Mais Kyle s'écarta.

— J'ai pensé qu'un peu de chocolat..., chuchota-t-elle, déçue.

— Merci, mon cher ange, dit-il en dégustant doucement le breuvage brûlant.

Il s'interrompit soudain et, en la regardant droit dans les yeux, lança :

— Ma Harley refuse de démarrer.

— Je suis désolée.

— Vraiment?

— ... Non.

Il la fixait maintenant. Impitoyable, intraitable.

— Non, répéta-t-elle alors. Je ne suis pas désolée.

— Ni moi, confessa-t-il.

Dans sa voix, elle reconnut cette intonation si particulière qu'il adoptait, malgré lui, quand le désir devenait impératif. Alors, sans dire un mot, sans faire un geste, elle le supplia, l'implora de l'aimer.

Grand-mère Aggie se frotta discrètement les mains. Quelle bonne idée d'immobiliser la Harley de Kyle !

Lexie et elle avaient bien failli perdre le contrôle des événements. Ces maudits vivants n'en faisaient qu'à leur tête, sans tenir compte de leur cœur. Et ni Meghan ni Kyle n'échappaient à la règle. Aussi têtus et bornés l'un que l'autre. Alors qu'ils étaient si près du but, si près du bonheur...

Oui, elles avaient dû se creuser la tête pour suspendre le temps. Et retenir Kyle, coûte que coûte. D'où cette idée géniale de trafiquer la moto. Pas très honnête, soit, mais c'était pour la bonne cause. Et puis, le temps pressait. Bientôt, tout ange qu'elles étaient, elles ne pourraient plus grand-chose pour leurs protégés. D'ailleurs, en haut lieu, on commençait à jaser sur leurs activités...

— Je vous tiendrai, juré, promit Kyle, solennellement.

Meghan se mordit la lèvre, visiblement inquiète :

— Vous êtes sûr ?

— Faites-moi confiance.

Elle le regarda et il comprit, à cette petite flamme dans ses yeux, qu'elle était, encore et toujours, sur ses gardes.

— C'est un peu abrupt, dit-elle alors en désignant la pente qu'ils devaient dévaler.

A ces mots, Kyle souleva la luge qu'il avait récupérée dans la remise et retapé de quelques coups de marteau, puis s'exclama :

— Vous doutez de mes talents de menuisier ? Est-ce que je n'ai pas su prendre soin de vous ?

— Ce qui est sûr, c'est que vous êtes un menuisier hors pair.

— Ah ! Donc, vous craignez surtout que je ne sache pas veiller sur vous ?

— Non, ce n'est pas ça.

Kyle s'approcha. D'un geste, tendre et affectueux, il caressa les cheveux blonds de Meghan. Si doux, si souples... il sentit son cœur s'emballer. Décidément, il ne pouvait l'approcher et encore moins l'effleurer sans que ces petits riens déclenchent en lui un torrent d'émotions. De désir.

Il lui avait promis de lui offrir un Noël inoubliable. Et, finalement, il réalisait que c'était lui qui garderait de sa rencontre avec Meghan un souvenir incomparable, délicieux. Pour l'éternité. Et, c'était lui qui redécouvrait, stupéfait, la fascinante magie de Noël.

— Allons-y! Je... je vous fais confiance, chuchotat-elle.

Confiance. Ce mot, si lourd de sens et qu'il n'attendait plus, le remplit soudain d'espoir.

— Asseyez-vous, dit-il.

Encore sceptique, elle regarda de nouveau la luge, puis la pente. Une dernière fois, elle le questionna :

— Vous êtes sûr de vous?

— Vous avez bien dit que vous me faisiez confiance?

— Oui. Je l'ai dit, mais...

— Poule mouillée!

— Moi? Sûrement pas!

Et, sans plus tarder, elle s'installa sur la luge. Avant qu'il ait eu le temps de la rejoindre, elle s'empara d'une boule de neige et le visa en s'écriant :

— Retirez ça! Je ne suis pas une poule mouillée!

— Je retire, je retire, s'exclama Kyle en riant.

Il la rejoint et prit place, derrière elle. Meghan bougea de façon à mieux se caler entre ses cuisses. A moins que ce ne soit là un petit jeu destiné à le provoquer? Si c'était le cas, elle avait gagné, se dit Kyle qu'un désir fulgurant transperça. Il la sermonna, une fois, deux fois, jusqu'à ce qu'elle daigne cesser ce manège, si frustrant pour lui. Si amusant pour elle, à entendre ses éclats de rire.

Un moment plus tard, Kyle se pencha et brusquement, la luge se mit à dévaler la pente. Aussitôt, Meghan cria. D'excitation plus que de peur, semble-t-il. Ils filaient à présent à toute vitesse. Meghan, les yeux grands ouverts, semblait partagée entre le plaisir et l'appréhension. Elle s'agrippait fermement aux jambes de Kyle. Lui tentait de la protéger au mieux en la serrant entre ses bras. Derrière eux, Tempête s'efforçait de suivre en poussant des aboiements de joie.

Une fois en bas, Kyle stoppa leur petit bolide. Meghan resta un moment sans mot dire, toujours blottie entre ses cuisses. Elle respirait comme après un effort intense. Enfin, elle se leva et, après avoir caressé sa joue, lui avoua :

— J'adore votre façon de faire de la luge. Allez ! S'il vous plaît ! Encore !

Il acquiesça, sans hésitation. Mais cette fois, ils s'installèrent plus confortablement.

— Prête ? demanda-t-il.

— Allons-y !

Il poussa violemment la luge. A mesure qu'ils prenaient de la vitesse, Meghan se lova tout contre lui, dans un mouvement d'abandon, de pleine confiance. Ils dévalèrent ainsi comme des enfants la pente enneigée, à plusieurs reprises, puis soudain, tandis qu'il l'aidait à se relever, elle frissonna.

— Vous avez froid ? s'inquiéta-t-il.

— Non ! Une écharde, je crois.

— Tiens, dit-il, c'est votre deuxième en quarante-huit heures.

— Merci de me le rappeler ! Quel gentleman vous faites.

— Et où est donc cette écharde ? ajouta-t-il. Dans la cuisse ?

— Euh... non, pas vraiment. Dans les fesses, voilà !

— Dans les fesses ! s'exclama Kyle.

— Oui et alors ? lança-t-elle, visiblement vexée.

— Bien ! On va s'occuper de ça. Allez, rentrons.

De retour au chalet, Kyle fit allonger Meghan et commença son examen.

— Ce n'est pas une écharde. On dirait plutôt un... pieu. Tiens, on pourrait peut-être y suspendre quelques décorations de Noël...

— Idiot !

Il caressa doucement sa peau, si fine, si douce.

— Cette auscultation me... trouble, Meghan.

— Kyle ?

— Oui ?

— Retirez cette écharde, immédiatement.

— C'est-à-dire...

— Mais pourquoi croyez-vous que nous sommes rentrés ?

— Eh bien, ma chérie, je serais heureux de vous l'expliquer plus... précisément, murmura t-il en laissant sa main s'égarer doucement.

— Je vous en prie, Kyle. Retirez d'abord cette maudite écharde.

Meghan dénoua ses jambes. Ses muscles étaient comme tétanisés. Elle était assise depuis trop longtemps dans la même position... peut-être leur séance de luge n'avait-elle pas amélioré les choses. Peut-être son corps était-il tout bonnement épuisé, meurtri. De tant d'étreintes, de tant de passion. Elle repensa à Jack. Si distant, même quand ils faisaient l'amour. A son manque d'énergie. Oh, non, rien à voir avec Kyle...

Elle chassa ces pensées et observa soudain son œuvre. Un ange qu'elle avait baptisé « Grand-mère Aggie », et qu'elle voulait offrir à Kyle. Son cadeau de Noël — d'adieu ?

Indéniablement, elle avait réalisé là une de ses plus belles œuvres. Meghan, avec un esprit très critique, savait reconnaître ses réussites, comme ses échecs. Et aujourd'hui, c'était un vrai petit chef-d'œuvre qu'elle avait sous les yeux ! Les ailes, le sourire... il n'y avait rien à retoucher. Oui, c'était un beau cadeau. Digne de cet homme, qui lui avait tant donné.

Elle souleva délicatement la statuette, colla un petit bout de satin rouge au niveau des ailes et, sur le socle, inscrivit son nom, suivi de cette petite dédicace : « En mémoire de notre Noël ». A ce moment, elle ne put retenir ses larmes. A l'avenir, Kyle aurait chaque fois une petite pensée pour elle en apercevant le bibelot d'argile. Et cela, ni le temps ni l'éloignement ne pourraient l'empêcher.

Et, elle le savait à présent, ni le temps ni l'éloignement ne pourraient quelque chose contre l'amour qu'elle éprouvait pour lui.

— Meghan ?

Elle entendit son pas, d'ici à quelques secondes, il serait là. Vite, elle recouvrit l'ange d'un linge et sortit en vitesse de l'atelier dont elle ferma la porte. Kyle parut s'en offusquer, mais pourtant ne releva pas.

— J'ai fait réchauffer quelques pâtes. J'ai pensé que vous deviez avoir faim.

— Bonne idée, répondit-elle. Merci.

Ils n'échangèrent pratiquement pas un mot au cours de leur repas. Kyle la dévisagea de telle manière qu'elle ne put quasiment rien avaler.

Ses nerfs étaient à bout. Noël. C'était demain. Le jour de toutes les désillusions, pour elle. Le jour où Kyle partirait.

Déjà, on entendait au loin les engins de déblaiement. On s'affairait sur l'autoroute. Elle ne devait pas perdre de vue la cruelle vérité. Elle devait penser à se protéger. Uniquement. Oui, mais le mal était fait.

Comment, mais comment avait-elle pu se laisser aller ? Quand elle savait que cette rencontre déboucherait, inévitablement, sur la douleur !

Kyle se leva et s'occupa de faire la vaisselle. Meghan décida de prendre un bon bain chaud, espérant trouver là un soupçon de réconfort. Elle le rejoignit, un peu plus tard, dans le salon. Elle avait enfilé un peignoir, à même la peau.

— Venez près de moi, chuchota t-il.

Agenouillé près de la cheminée, il lui tendait la main. Il flottait dans la pièce un parfum d'essence sauvage mêlé à son odeur, à lui. Dans la semi-obscurité, ses yeux lui apparurent plus bleus encore qu'à l'accoutumée.

Elle s'avança, glissa sa main dans la sienne. Il posa ses lèvres sur son poignet, l'effleura, remontant jusqu'au cou, puis dénuda son épaule.

Elle frissonna. Il ôta, doucement, son peignoir, sans la quitter des yeux. Des yeux brillant d'une passion à laquelle elle ne voulut pas résister plus longtemps. Totalement nue, à présent, devant lui, elle se laissa coucher sur le parquet et ressentit immédiatement la puissance de son désir. Elle aussi le voulait, maintenant. Ils firent l'amour, comme s'ils étaient amants depuis la nuit des temps. Chacun déjà connaissant l'autre, parfaitement, secrètement. Et le même plaisir, déchirant, leur arracha à tous deux, au même instant, la même plainte lointaine.

Meghan s'écarta doucement de ce corps, si chaud, si... Non, elle ne le retiendrait pas. Demain, arriverait ce qui devait arriver !

Elle s'assoupit, presque inconsciente, quand, soudain, un léger bruit se fit entendre.

154

— Le chauffage, s'exclama Kyle.

— Quoi ? L'électricité est revenue ?

Oui. Et cet événement allait en entraîner d'autres. Ainsi, ils ne partageraient plus les mêmes couvertures, sous prétexte de se tenir chaud.

Meghan inspira profondément. D'ici peu, Kyle n'aurait plus aucune raison de rester près d'elle. Oui, elle savait tout ça ! Et pourtant elle se refusait à croire en cette fatalité. Précisément à l'aube même de Noël !

La chaleur envahit bientôt le salon. Tempête, dans la cuisine, fit une nouvelle fois une bêtise. Meghan tenta alors de se ressaisir. Elle s'empara de son peignoir. Elle avait besoin de rester seule. De fuir.

Kyle la rejoignit dans la cuisine, torse nu, tout juste revêtu de son jean.

— Tout va bien ?

Elle le regarda et parvint à articuler :

— Très bien. Je donne sa pâtée à Tempête.

— Meghan.

Malgré tous ses efforts, elle avait le plus grand mal à dissimuler son émotion.

— Vous fuyez encore, dit Kyle. Vous me reprochez de fuir, mais c'est pourtant exactement ce que vous faites quand vous n'avez pas la force de me faire face.

— Je voulais juste...

— Meghan, pas d'excuses. La vérité, c'est tout !

L'intonation de sa voix ne lui laissait aucune échappatoire. Comme pour en rajouter, Kyle alluma à cet instant la lumière qui, en inondant la pièce, ôtait à Meghan toute possibilité de repli.

Elle passa brièvement sa langue sur ses lèvres desséchées par l'anxiété. Il la dévisageait, sûr de lui. De son bon droit.

— Reprenez-moi, si je fais fausse route. Nous avons fait l'amour ?

— Oui.

Où voulait-il en venir ? Elle ne pourrait pas lui mentir. Il ne l'admettrait pas. Soit, mais elle devait penser à elle, à se préserver. Même si cela lui demandait un effort surhumain.

— Et vous avez aimé faire l'amour avec moi ? ajouta alors Kyle.

Elle rougit.

— Alors, je vous en prie, poursuivit-il, expliquez-moi, pourquoi me fuyez-vous ?

Il s'avança et la prit tendrement dans ses bras. Cette chaleur, l'odeur de ce corps, cette présence... Et puis non, se dit-elle soudain, en reculant. Leur destin était tout tracé. Ils ne pourraient rien changer à l'avenir. Et rien, plus rien n'apaiserait son chagrin.

— Meghan. J'attends votre réponse.

12.

Que se cachait-il derrière ce visage? se demandait Kyle. De la tristesse, sans aucun doute. Une tristesse qu'elle semblait vouloir garder pour elle seule. Oui, elle le fuyait. Et l'excluait. Eh bien, cette fois-ci, il ne se résignerait pas. Ne quitterait pas la cuisine, avant qu'elle s'explique.

A ce moment, elle leva les yeux vers lui. Son regard trahissait un tourment intense. Elle avait l'air perdue, si fragile, alors.

D'un geste nerveux, elle enfonça ses mains dans les poches de son peignoir, entrouvrit un instant les lèvres. Comme si elle s'apprêtait à parler. A lui parler, à tout lui dire, enfin.

Soudain une bourrasque de vent fit vibrer les carreaux. Tous deux sursautèrent.

Meghan luttait. Contre elle-même. Une lutte silencieuse, cruelle. Elle hésitait entre dire la vérité, la seule, l'unique, et mentir — se taire — dans le seul but de se protéger. Pourtant, elle ne pouvait aller contre elle-même. Rompre maintenant le contrat tacite qu'ils avaient passé : rester honnêtes l'un envers l'autre. Oui, c'était là tout ce qui comptait. Et, doucement, elle chuchota :

— Vous m'abandonnez.

Kyle sentit sa gorge se nouer. Une telle sincérité lui fit l'effet d'un coup de massue. Oui, cet aveu le mettait K.-O. Il était touché, en plein cœur.

En quelques mots tout simples, Meghan venait de fissurer cette armure qu'il croyait pourtant indestructible. Qu'il portait depuis tant d'années, comme une croix.

Ce n'est pas juste, songea-t-il en fronçant les sourcils, complètement désorienté. Ses paroles retentissaient en lui comme un reproche. Elle était accablée. Quel échec ! N'avait-il pas promis de lui apprendre toute la magie de Noël ? Au lieu de cela, c'est lui, et lui seul, qui soudain se mettait à espérer.

Dans une petite semaine, ce serait le nouvel an. Il serait alors à Chicago. Pour prendre la succession de son père. Il s'y était engagé. Et respecterait sa parole. Quoi que cela lui en coûte. Et cela lui coûterait, lui briserait certainement le cœur.

Meghan frissonnait. Elle se mordit la lèvre comme si cela avait le pouvoir de distraire son chagrin. Implacable, son regard meurtri lui renvoyait l'image de sa trahison. Il l'abandonnait. Et se devait d'effacer ce chagrin, de l'en libérer, définitivement. Mais comment ? Il était incapable de lui offrir la seule chose qu'elle désirait : un avenir, ensemble.

Kyle réalisa alors qu'il avait fait une erreur en partant ainsi sur les routes, à l'aventure. A présent, plus que jamais, il n'avait plus aucune envie de rentrer... de quitter Meghan.

— Venez avec moi, à Chicago.

Elle le fixa soudain, et la stupéfaction remplaça la tristesse dans son regard. Kyle, lui-même, resta quelques secondes abasourdi par sa proposition. Mais cela

158

avait été plus fort que lui — que la raison et tout le reste ! C'était tout... et aussi simple que ça !

Il refusait de se séparer de Meghan. La voulait à ses côtés. Pour l'éternité. Oui, il l'aimait et l'aimerait.

— Venir... à Chicago ?

Oui, je vous en supplie, hurla Kyle intérieurement, paniqué à l'idée qu'elle puisse refuser.

Meghan essuya brièvement une larme avant de murmurer :

— Je ne peux pas... ma vie est ici.

Elle inspira profondément et, d'un seul trait, s'exclama :

— Je ne peux pas vivre en ville. Je ne peux plus. Je vous en prie, n'insistez pas.

Et Kyle savait pertinemment qu'il n'avait pas le droit d'exiger cela d'elle.

— Ne vous tracassez pas pour moi, ajouta-t-elle en lui faisant face.

Lentement, elle posa sa main sur sa joue et, sans le quitter des yeux, poursuivit :

— Vous ne me devez rien.

Il voulut protester, mais elle l'interrompit, sèchement :

— C'est comme ça ! Nous étions tous deux seuls et... il était normal que nous ayons une aventure...

Une brusque colère s'empara de Kyle. Il saisit soudain Meghan par les épaules et lança :

— Par pitié, ne détruisez pas ce qui s'est passé entre nous... ce n'était pas une aventure, comme vous le dites.

Elle soutint son regard, sans ciller.

— Et comment appelleriez-vous ça ?

— Mais enfin, Meghan, c'est bien plus qu'une aventure.

— Ah bon?

Kyle réalisa alors la rudesse de son étreinte. Il devait lui faire mal. Et alors? se dit-il, blessé. Et vexé! Car, songea-t-il soudain, c'était bien la première fois qu'une femme prenait ce ton avec lui. Et la première fois qu'il se souciait du mal qu'il pouvait infliger à une femme. Oui, Meghan avait en ce moment même le pouvoir. Et cela était une sensation étrange — nouvelle. Il devait faire attention à lui, à ne pas se laisser mener par ses sentiments. De toutes façons, il serait bientôt loin. Et tout ceci appartiendrait alors au passé.

Oui, et Noël prochain, songea-t-il alors avec angoisse. Il serait seul, sans Meghan. Errerait d'une fête à l'autre. Oh, bien sûr, Pamela et Mark l'inviteraient. Il verrait les enfants, jouerait avec eux. Et son cœur battrait, vide, désespéré. La voix de Meghan l'arracha à ses pensées :

— Nous avons passé de merveilleux moments ensemble. C'est la seule chose qui compte. Et je vous en suis reconnaissante.

Lui coupant presque la parole, il l'embrassa et la prit dans ses bras. Lentement, il l'entraîna vers le salon. Là, ils firent l'amour, plus que l'amour. Cette étreinte fut celle de l'émotion, de la tendresse et du désespoir. De la passion.

Lorsqu'il revint à lui, Kyle sut qu'il regretterait, encore et encore, et du plus profond de son âme, que leurs chemins se séparent. Et tendrement, il sécha ces larmes que Meghan n'essayait même plus de retenir.

— Vous restez pour dîner?

— Si cela ne vous donne pas trop de travail, répondit Kyle.

160

Il venait juste de rentrer. Après avoir opéré quelques réglages sur sa moto, il était allé récupérer deux ou trois choses dans la remise, dont une dinde. Meghan regarda un moment la volaille, vedette traditionnelle des tables de fête. Oui, quelle bonne idée! Un repas de Noël, un vrai, le premier, en fait, se dit-elle, enchantée.

Bon, soit, ce ne serait pas exactement un repas de Noël... dès ce soir, la même et impitoyable solitude s'abattrait sur le chalet. Noël? Elle risquait bien de vivre là le pire de tous les Noëls! C'était ainsi... Elle s'éclaircit la voix et, sur un ton faussement détaché, l'interrogea :

— Votre moto est réparée?

— Oui. Aucun problème.

Quelle attitude devait-elle adopter devant Kyle? Il y a quelques heures à peine, ils s'aimaient encore, avec passion. Et ces moments-là, elle ne les oublierait jamais.

L'amour. Voilà ce qu'elle avait découvert avec lui. Oui, découvert, et non pas redécouvert, comme elle le croyait au début. Car elle n'avait jamais aimé Jack avec une telle intensité.

Kyle l'avait initiée au plaisir, aux mystères et au désir de son propre corps. Une révélation... Ah, oui, partir avec lui, le suivre à Chicago!... Un instant, elle avait bien failli accepter sa proposition. Et puis, la raison était venue s'en mêler. La mettre en garde. Pourtant, la tentation était grande. Et il aurait suffi que Kyle prononce la phrase magique, « je vous aime », pour qu'elle envoie tout promener, et le suive, sans plus de cérémonie. Elle se sentait prête à tout sacrifier pour lui.

— Je vais prendre une douche, avant de passer à table.

Il s'approcha d'elle et posa un rapide baiser sur son

front. Sans autre caresse. Il semblait que sa fougue se soit envolée, supplantée maintenant par le bon sens. Oui, ils avaient fini d'être amants. Et plus jamais ne partageraient leurs secrets, leurs joies et leurs peines.

Meghan mettait la table quand elle entendit l'eau couler. Il était là, encore. Si présent. Autour d'elle, tout lui parlait et lui reparlait de Kyle. Ce matin, dans la salle de bains, elle avait trouvé ses affaires de toilette mêlées aux siennes. Et cette intimité l'avait profondément troublée. Une intimité qui ne tarderait pas, pourtant, à voler en éclats.

Un moment, elle avait espéré qu'il serait parti avant qu'elle ne se réveille. Elle en aurait souffert, pas autant toutefois qu'à devoir affronter son départ, pleinement consciente.

Un petit gémissement l'arracha à ses pensées. Tempête. Tempête, qui ne l'avait pas quittée des yeux, ce matin. Comme si l'animal ressentait sa tristesse, pressentait un malheur.

On n'entendait plus rien, à présent. Oui, Kyle avait fini de se doucher. Et déjà la rejoignait. Elle s'efforça de lui offrir son plus beau sourire. En vain. Impossible de mentir. Elle qui était autrefois si douée pour dissimuler ses sentiments. Il semblait bien qu'elle ne disposât plus de ce talent, aujourd'hui.

Un instant, elle s'imprégna tout entière de son parfum. Fraîchement douché, rasé de près. Puis, elle remarqua qu'il s'était changé. Il avait revêtu une chemise rouge sang — couleur Noël, se dit-elle — et un jean noir. Sexy, il était très sexy.

Oui, cette journée serait particulière. Ne rien montrer, ne pas se laisser déborder. Taire ses émotions. Elle devait trouver la force.

— Ça sent bon ! Je peux vous aider ?

— Vous voulez bien découper la dinde ?

Kyle s'exécuta aussitôt, dans les règles de l'art, puis la servit. Meghan, de son côté, dut faire appel au peu qu'il lui restait d'énergie pour paraître détendue. Elle déposa le plat de légumes et la sauce sur la table et s'assit, face à lui.

Kyle marmonna alors un discret bénédicité. Puis, dans le silence revenu, Meghan se fit la réflexion que, non, décidément, les miracles n'existaient pas. Même à Noël !

— C'est délicieux, déclara Kyle. Divin.

Comment parvenait-il à manger ? Elle ne pouvait quant à elle rien avaler. Elle se força, pourtant, par correction... et pour donner le change. Mais abandonna aussitôt, comme prise de nausées.

Un quart d'heure plus tard, Kyle pliait sa serviette. Et Meghan ne cessait de se demander où était passé son art de la dissimulation. Elle n'avait pas préparé de dessert. De toutes façons, elle ratait systématiquement les gâteaux et autres tartes. Pourtant, elle aurait aimé que ce repas se prolonge. Qu'il reste, là, en face d'elle. Encore.

— Je vous prépare une tasse de chocolat ?

Il refusa, d'un signe de tête. Elle s'y attendait, mais crut pourtant défaillir lorsqu'il dit :

— Je préfère rouler de jour. J'aimerais rejoindre Denver avant la nuit.

— Je comprends.

— Meghan, je suis désolé, je ne...

— Taisez-vous, murmura-t-elle, sans colère, résignée.

— Le téléphone est rétabli, continua Kyle. J'ai pu téléphoner à Pamela, ma sœur...

Elle l'encouragea à continuer, d'un signe de tête, même si chacun de ses mots la rapprochait un peu plus du désespoir.

— Ils ont repoussé leur petite fête. Jusqu'à ce que j'arrive.

Elle rassembla tout son courage et se força à sourire.

— Oui... mais, avant que vous partiez, je voudrais vous faire un petit cadeau. Un cadeau de Noël. Attendez-moi.

Elle se dirigea vers les marches qu'elle gravit, une à une, harassée, vidée. Une fois dans l'atelier, elle s'empara du petit paquet orné d'un nœud de satin rouge.

Elle redescendit et trouva Kyle dans le salon, son blouson jeté sur le canapé, à côté de ses gants et de sa sacoche.

— Il ne fallait pas, murmura-t-il.

— Si ! J'y tenais.

Il prit le paquet qu'elle lui présentait et, un bref instant, leurs doigts s'effleurèrent. Une caresse ultime, de trop, songea Meghan, cruelle, insupportable.

Délicatement, en prenant tout son temps, Kyle dénoua le ruban, déchira le papier. Meghan le regardait, silencieuse. Comment allait-il réagir ? Il déroulait à présent le papier de soie qui enveloppait la statuette. Durant quelques secondes — une éternité — il ne dit rien, perdu semble-t-il dans ses pensées. Ses doigts caressaient l'ange, hésitants.

Meghan avait du mal à garder son calme. Cet ange-là était si différent des autres. Si empreint d'elle-même.

— Alors ? dit-elle, n'y tenant plus.

— Meghan, c'est...

Il la regarda, s'éclaircit la gorge. Et dans ses yeux,

164

elle crut bien déceler un éclat qui, si elle ne s'abusait pas, ressemblait fort à des larmes.

— C'est merveilleux... le portrait de grand-mère. Bravo !

Il contemplait la statuette, manifestement stupéfait. « Aux anges, oui », constata Meghan.

— Je saurai en prendre soin, toute ma vie, promit Kyle.

Meghan n'en doutait pas.

— J'ai inscrit quelque chose. Sous le socle.

— Fantastique, dit-il après avoir lu sa dédicace.

Il s'approcha et déposa sur son front un rapide baiser, incapable à ce moment d'ajouter autre chose. Puis, avec précaution, il enveloppa la statuette et la glissa, bien à l'abri, dans sa sacoche. A cet instant, il s'immobilisa. Puis, il se tourna vers Meghan.

— J'ai aussi quelque chose pour vous, chuchota-t-il, soudain intimidé.

Il sortit alors de la poche de son blouson un petit sachet qu'il tendit à Meghan, en s'excusant, penaud.

— Je n'avais que du papier journal pour l'envelopper.

Elle sourit, touchée, et supplia intérieurement les dieux de l'aider à rester de marbre, encore quelques minutes. Doucement, avec la même précaution dont Kyle avait fait preuve, elle ôta le papier qui protégeait son cadeau. Et, quand elle découvrit la statuette de bois, elle manqua défaillir.

Kyle avait sculpté là un petit ange merveilleux. Plein de vie, original. Réellement délicieux.

— C'est sublime...

— Joyeux Noël, Meghan. Vous pouvez l'accrocher au sapin, si vous voulez...

— Vraiment sublime.

« Décidément, songea-t-elle, admirative, il est bien dommage de gâcher un tel talent. »

— Un ange..., chuchota-t-elle.

— Il veillera sur vous.

Elle s'approcha de lui et l'embrassa. Intensément. Pour le remercier de son présent. Du temps passé ensemble. Puis, délicatement, elle suspendit la statuette à une branche. Et l'ange, maintenant, ne les quittait plus des yeux. Elle se tourna alors vers Kyle et murmura :

— Je l'aime tant, Kyle.

Mais déjà, elle s'éloignait. Ces mots lui étaient douloureux. Car, jamais, elle n'aurait le courage de les adresser au principal intéressé. Qui, d'ailleurs, allait bientôt l'abandonner.

— Dites-moi, Meghan, j'ai proposé de donner un coup de pouce à votre commerce. Vous êtes toujours d'accord ?

— Bien sûr, répondit-elle, tout en se demandant s'il ne l'oublierait pas, sitôt passé la frontière du Colorado.

— Notez-moi donc votre numéro professionnel, dit Kyle en sortant deux cartes de visite de son portefeuille.

Elle s'exécuta, puis il lui tendit une des cartes, en précisant :

— C'est ma ligne privée.

Il la prit alors par les épaules et la força à le regarder.

— Promettez-moi de me téléphoner si vous aviez besoin de quelque chose. De quoi que ce soit !

— C'est promis, chuchota-t-elle, sachant bien que jamais elle ne l'appellerait.

— Et n'oubliez pas de m'expédier les anges que je vous ai commandés. Je les confierai à Pamela. Et, dès l'année prochaine, vous vendrez à travers tout le pays, je m'y engage.

Comme elle se moquait de son avenir professionnel ! Comme elle se fichait de l'avenir tout court ! Sans lui.

Peu à peu, elle sentait s'effriter sa belle résistance. Elle n'allait pas pouvoir continuer à jouer ainsi plus longtemps la décontraction. S'il ne partait pas, immédiatement, elle ne tarderait pas à le supplier de rester.

Et brusquement, elle désira qu'il prenne la route. Là, tout de suite. Pour souffler enfin, et mettre un terme à son agonie. Elle s'empara du blouson de Kyle et le lui tendit. Sans un mot, il l'accepta, comme il accepta, toujours en silence, les gants qu'elle lui présentait.

— Un baiser ?

Elle ne devait pas. Son instinct lui intimait l'ordre de ne pas céder. De résister à l'envie de se blottir contre lui. De poser ses lèvres sur les siennes. De lui crier de rester. Meghan ne fit pas un geste. Mais accepta son baiser. Un tendre baiser, baigné de larmes. Les siennes, qu'elle ne put, à cet instant, refouler.

Puis, il s'écarta, doucement et elle ferma les yeux. Ses lèvres garderaient le souvenir de lui, de sa chaleur, de sa tendresse. A jamais.

Kyle se dirigea vers la porte et l'ouvrit. Dehors, un soleil éclatant inondait un paysage triste et mélancolique.

Il l'embrassa une dernière fois. Plus fort, puis, sans un mot, sortit. Après avoir accroché sa sacoche, il enfourcha sa moto et resta là, un moment, sans bouger. Quelques secondes plus tard, le moteur de la Harley brisait le silence. Une nuée de moineaux apeurés s'envola, loin de ce fracas.

Kyle se retourna vers Meghan :

— Je vous téléphonerai.

Non, jamais il ne l'appellerait, songea-t-elle. Jamais. Leur amour avait été une sorte d'étoile filante. Peut-être, un jour, pourrait-elle penser à lui avec sérénité. Mais pas avant longtemps. Très longtemps.

Kyle portait maintenant son casque, noir. Oui, voilà comment elle se souviendrait de lui. Tout vêtu de noir, tel un ange de mauvais augure, sur sa monture d'acier.

Il leva la main. Un dernier signe. D'adieu. Puis, la moto, doucement, s'éloigna.

Combien de temps resta-t-elle là, figée, elle l'ignorait. Bientôt, le moteur de la Harley ne fut plus qu'un vague murmure et Meghan frissonna. Le froid, soudain, lui parut plus vif.

Et sa solitude plus extrême.

Elle se dirigea vers le chalet. Et ferma sa porte.

Tempête la dévisageait. Mon Dieu, quel carnage ! Cookies, pop-corn et toutes ces décorations dont elle et Kyle avaient si amoureusement décoré leur sapin gisaient sur le parquet.

Brusquement, son cœur cessa de battre. L'ange ! Elle poussa un petit cri et se précipita. Délicatement, elle ramassa l'ange de bois, l'examina sous toutes les coutures, craignant qu'il ne soit endommagé... Grâce au ciel, il était intact.

Meghan, sans plus oser lâcher le précieux présent, lut la carte de visite de Kyle. Ce petit bout de papier, impersonnel. Froid. Et soudain, la douleur et les larmes s'abattirent sur elle. Résignée, elle remit l'ange de bois à sa place, sur la plus haute branche de leur sapin. Tempête ne la quittait pas des yeux, apparemment désolé de son mauvais tour. D'une caresse, elle le rassura. Oui, il était là, lui. Affectueux, fidèle.

Elle tenait encore la carte de visite. Lisait et relisait le nom de cet homme qu'elle avait sincèrement aimé.

Et perdu. Pourquoi donc garder cette carte ? Triste trophée, en vérité.

Kyle lui avait promis de rayer le chagrin de sa mémoire. De la rendre heureuse. Et elle l'avait été. En tout cas, elle avait appris que la douleur est une chose toute relative. Fonction de l'amour que l'on porte à l'autre.

En fait, ce Noël avait littéralement brisé son cœur. Le chagrin qu'elle éprouvait était pire que tout ce qu'elle avait jamais éprouvé.

Meghan chercha un briquet. La flamme surgit, magnétique. Et elle en approcha la carte de visite. Lentement, inexorablement, les mots s'estompèrent. Disparurent.

C'était Noël. Et elle était seule. Une fois de plus.

13.

Lexie observait son amie Aggie. Celle-ci semblait abattue, autant qu'elle, à vrai dire. Car n'avaient-elles point échoué dans leur mission? Tout anges qu'elles étaient? Et malgré la conviction qu'elles avaient nourrie que tout se passerait selon leurs vœux?

En fait de bonheur, elles n'avaient réussi qu'à rendre Kyle et Meghan plus malheureux encore. Alors, décidément, c'était bien la dernière fois qu'elles s'aventureraient à se mêler du destin...

Kyle fit une halte dans la petite commune de Jefferson. Il devait impérativement faire le plein avant de s'attaquer au col de Kenosha. Aussi fut-il contrarié de constater que l'unique station-service de la ville gardait porte close.

Il redémarra aussitôt sa Harley et prit la route de l'est, direction Denver. Direction Chicago. Il roula prudemment, franchit le col sans encombre. Puis, au sortir d'un tournant, parvint à un surplomb qui dominait la vallée tout entière.

Le point de vue était superbe. Sans cesser de rouler, Kyle admira un moment le paysage en contrebas. La vallée était tapissée de blanc, sous un ciel bleu limpide. Au loin, on distinguait les sommets enneigés et des forêts de sapins, à perte de vue. Un peu plus loin, il s'arrêta. Il retira son casque. L'air était frais, mais le soleil, presque aussi doux qu'en un début de printemps.

Hélas, la sérénité et la paix de ce qui l'entourait le renvoyaient sans cesse au sourire de Meghan. Elle était là, devant lui, kilomètre après kilomètre, à chaque virage.

Il se souvint soudain de ce premier regard qu'elle lui avait lancé, en lui ouvrant sa porte. Elle l'avait dévisagé. Manifestement, il n'était pas le bienvenu. Et puis, au fil des heures passées ensemble, elle avait peu à peu perdu cet air d'extrême méfiance. D'autres expressions étaient venues éclairer son visage. La curiosité, l'émotion, la passion et...

Et l'amour.

Meghan avait besoin d'aimer.

Et elle avait besoin qu'on l'aime, qu'on prenne soin d'elle dans tous les petits événements de la vie. D'ailleurs, si Kyle ne s'en était inquiété, qui donc aurait songé à réparer toutes ces petites choses, ici et là dans le chalet ? C'était bien pareil pour ses affaires... D'accord, Meghan avait un talent fou, mais en revanche, pas le moindre sens du commerce. C'est la raison pour laquelle il fallait quelqu'un à ses côtés. Pour qu'elle puisse se consacrer entièrement à son art, sans autre souci. Oui, elle avait besoin de quelqu'un. De...

Lui ?

Il repoussa cette idée. Non, ce ne pouvait être lui.

Quant à imaginer un autre homme dans ce rôle, cela lui était insupportable.

Alors, tout compte fait... Lui ?

Kyle, cette fois, ne repoussa pas une telle éventualité. Au lieu de cela, il s'en laissa imprégner, imaginant même un avenir qui, jusqu'à présent, lui avait semblé relever de la pure utopie.

Il songea aux larmes qui emplissaient les yeux de Meghan quand il était parti. Son visage exprimait alors un tel chagrin, un tel désespoir. Elle n'avait pas cherché à dissimuler son émotion. Et qu'il l'abandonne ainsi, surtout le jour de Noël, avait dû la blesser cruellement.

Et cela, jamais, non jamais, il ne se le pardonnerait.

Il jura. Seul, en pleine nature. Contre le froid, la montagne, la route. Il n'avait cherché qu'à lui apprendre la magie de Noël. Et n'avait fait que la distraire de petits riens. Des chansons, des guirlandes de pop-corn, le gui, un sapin... Rien que de très artificiel, en fin de compte. Où était donc la magie dans tout ça ?

Non, rien là-dedans ne traduisait Noël, le seul et authentique sens de Noël. L'amour.

Il ne laissait derrière lui que chagrin et désespoir. Comment donc pouvait-il lui faire ça ? Il n'en avait pas le droit. Pas le droit de la faire souffrir. De les faire souffrir, tous deux.

Kyle respira à pleins poumons. Lui, le donneur de leçons, avait découvert grâce à Meghan toute son ignorance. Car elle lui avait appris la seule chose qui soit réellement magique. L'amour.

Oui, jusqu'à cette seconde, il ne l'avait pas réalisé. Et pourtant, la vérité était là. Il l'aimait.

Il aimait Meghan... la voulait comme épouse, pour la vie. Toute une vie, ensemble.

Pas plus qu'il ne voulait la voir souffrir, il ne pouvait supporter l'idée de la perdre.

Kyle ramena d'un geste ses cheveux en arrière. Songeur. Il avait quitté Chicago en quête de réponses. Des semaines entières passées sur les routes, jusqu'à ce petit chalet, enfin, perdu au milieu de nulle part. Et c'était là que le hasard l'avait mené. Le hasard ? Non, le destin, plus précisément. Comme si quelqu'un, quelque part, l'avait guidé.

Alors, tant pis pour les conséquences.

Kyle avait toujours fait ce que l'on attendait de lui. Sans jamais se révolter, manifester aucun de ses désirs. Les diplômes, le sport, ce poste dans l'entreprise familiale, et jusqu'à ses aventures, avec les femmes qu'il convenait de fréquenter. Oui, il avait toujours courbé l'échine, finalement. S'était montré obéissant. Avait tu toutes ses aspirations.

Mais, cette fois, c'était différent. Après tout, *Murdock Enterprises* était la seule et unique passion de son père. Pas la sienne. Lui, il se moquait bien du succès, de la gloire, de l'argent. Une seule chose avait de la valeur, à présent : Meghan. L'amour. Kyle venait enfin de le croiser et, bêtement, de s'en éloigner.

Il remit son casque. Avec une seule idée en tête, Meghan. La retrouver, au plus vite. La demander en mariage... si elle voulait bien de lui.

Il fit demi-tour et lança sa Harley à pleine vitesse. C'était Noël et il désirait faire à Meghan un dernier cadeau.

Personne, s'étonna-t-il, après avoir frappé. Il tourna alors la poignée et la porte s'ouvrit.

Son regard s'arrêta sur le sapin. Quel désastre ! Mais que s'était-il passé ? Il s'inquiéta soudain.

Il s'avança, sans bruit, presque hésitant et, enfin, l'aperçut. Il l'observa, un moment. Tempête dormait près d'elle.

L'animal redressa brusquement la tête et, reconnaissant Kyle, jappa doucement avant de se rendormir.

Kyle redressa silencieusement le sapin et accrocha l'ange de bois à la place qui lui était réservée. Sur la dernière branche, afin qu'il puisse veiller sur Meghan. Puis, il se dirigea vers elle. S'agenouilla à côté de cette femme dont il souhaitait faire son épouse. Sur ses joues, il vit les traces de ces larmes qui n'avaient dû cesser de couler.

Il l'avait fait souffrir.

Tendrement, il écarta les mèches de cheveux qui avaient glissé sur son visage, puis, murmura :

— Joyeux Noël, Meghan.

— Mmm, marmonna-t-elle en souriant, toujours dans son sommeil.

Kyle déposa alors un baiser sur le lobe de son oreille et chuchota :

— Meghan ?

Elle ouvrit les yeux mais les referma aussitôt, comme si elle cherchait à prolonger un rêve. Puis, soudain, elle se redressa, repoussa violemment la couverture — leur couverture, songea-t-il — et regarda autour d'elle, manifestement désorientée. Alors, il l'embrassa. D'un baiser passionné. Vrai.

Meghan avait maintenant les yeux grands ouverts.

— Kyle ?... Vous êtes tombé en panne ?

— Non. Ma moto roule très bien.

D'un geste, elle couvrit ses épaules de la couverture et se recroquevilla. Comme pour se protéger d'un nouveau malheur.

— Vous avez oublié quelque chose, alors ?

— Meghan, je vous aime, dit Kyle qui ne pouvait se retenir plus longtemps de prononcer ces mots doux et magiques.

Il prit sa main et la posa délicatement sur son cœur.

— Je n'ai pas su m'avouer tout de suite combien je vous aime, combien vous comptez pour moi.

— Mais...

— Voulez-vous m'épouser ? Devenir ma femme ?

— Je... je ne peux pas vous suivre à Chicago, chuchota-t-elle.

— Mais je ne vous demande pas de me suivre à Chicago.

Elle baissait les yeux, de toute évidence sceptique, mais si près de se laisser convaincre.

— Je reste ici. Avec vous, poursuivit Kyle, le cœur battant.

— Et l'entreprise de votre père ?

— Cela n'a aucune importance. Ce qui compte, c'est vous, dit-il en déposant un baiser sur ses lèvres.

— Oh, Kyle, je ne peux pas... vous demander de renoncer à tout ça...

— Vous ne m'avez rien demandé, que je sache. Rien. Vous m'avez accueilli, donné l'hospitalité, nourri et... révélé toute la magie de Noël.

— Non, c'est vous qui m'avait fait le plus beau des cadeaux. Et vous avez tenu votre promesse en m'offrant de fabuleux souvenirs, une mémoire toute neuve.

— Nous nous construirons d'autres souvenirs encore. Ensemble. Nous avons la vie devant nous.

Elle leva les yeux vers lui. Son regard le suppliait, l'implorait. Doutait encore de sa sincérité.

— Et l'argent ? chuchota-t-elle. Vous renoncez à la fortune, au succès ?

— Je veux passer le reste de ma vie à faire votre bonheur, avoua-t-il avec peine, ému jusqu'au plus profond de son être. L'argent, je m'en moque. Pas vous ?

— Bien sûr que si, Kyle ! Seul l'amour signifie quelque chose pour moi. L'amour. Une famille. Passer Noël en famille. Oui, je veux un enfant. Pour Noël prochain...

— Dès que vous m'aurez offert un verre de lait, plaisanta-t-il.

— De lait ?

— Un grand verre.

Soudain, Meghan laissa échapper quelques larmes. Il caressa son visage, inquiet. Non, il ne voulait plus la voir pleurer.

— Vous souhaitez peut-être que je vous laisse un peu de temps ? Tout ceci est sûrement un peu précipité ?

— Non, Kyle. Ne vous inquiétez pas. Je pleure simplement de joie.

— Alors...

— Je vous épouse, Kyle. Je vous aime, de tout mon cœur, de toute mon âme. Oui, je veux être votre femme.

Une joie absolue, enivrante, s'empara de lui. Elle souriait et son sourire brillait pour lui, comme mille soleils. Il l'attira alors dans ses bras et l'embrassa. Intensément. Et ce baiser mettait fin à des siècles de solitude, marquait le début d'une vie entière de bonheur et de plaisir.

Puis leurs lèvres s'écartèrent. Tous deux se regardaient, comme étonnés. Meghan murmura :

— Joyeux Noël, Kyle.

Il ferma les yeux, un instant. Le temps de remercier le ciel pour ce miracle... et il crut bien, alors, percevoir un léger bruissement d'ailes...

On aurait dit qu'un ange passait.

Épilogue

— Bonne Année!

Meghan serra son bébé contre son cœur. Souriant à ce moment et à l'avenir. Au bonheur, tout simplement. Et ce n'était pas le froid mordant du Colorado qui allait changer quelque chose.

— Qui veut du cidre? demanda Kyle.

Plusieurs cris de joie emplirent la pièce. Aussitôt, Kyle prit une Thermos et remplit une demi-douzaine de gobelets. Puis, il s'empara d'une assiette débordant de cookies.

— Pas de panique! Il y en aura pour tout le monde, dit-il avant de retourner auprès de sa femme et de son enfant.

Meghan se poussa un peu pour lui faire de la place. Kyle passa alors son bras autour de ses épaules et la serra contre lui, tout en dévisageant sa fille. Un ange, songea-t-il.

— Tu as fait là une vraie merveille, chuchota-t-il à sa femme.

Et c'était devenu là son leitmotiv, depuis la naissance.

— *Nous* avons fait une vraie merveille.

C'était leur premier Noël d'époux et de parents.

179

Pour célébrer et partager leur bonheur, ils avaient convié plusieurs enfants de l'orphelinat de la ville. Ensemble, tous fêtaient l'amour et le partage. Ils avaient chanté, ri, et Kyle avait même détaché une branche du sapin et volé discrètement un baiser à sa femme, qui en souriant avait chuchoté :

— Tu ne vas pas me faire croire que c'est du gui ? Je te l'ai déjà dit. Tu n'as besoin d'aucune excuse pour m'embrasser...

Kyle bâtissait maintenant des chalets dans la région. Accomplissant ainsi son rêve et subvenant sans peine aux besoins de sa famille. Meghan, de son côté, avec ses anges, connaissait à présent le succès à travers tout le pays.

Elle regarda Kyle. Et celui-ci se tourna vers elle. Il sourit et, sous la pâle lueur de cette nuit magique, chuchota :

— Je t'aime.

Merrie était née exactement neuf mois après leur rencontre de Noël. Noël... Désormais, la saison préférée de Meghan. Ses nuits n'étaient plus vouées à la solitude. Sa mémoire, jour après jour, s'enrichissait des plus beaux souvenirs. Et Kyle lui avait offert le plus inespéré des cadeaux. L'amour !

— Mais enfin, Lexie, tu es déjà restée auprès de Merrie la nuit dernière, protesta Aggie.

— Bien, soupira Lexie, pestant de devoir céder sa place à son amie. Et si nous veillions sur elle ensemble ? Ainsi, Meghan pourrait annoncer à Kyle un nouveau miracle ?

— Un nouveau miracle ?

— Oui. Regarde un peu !

180

Les deux amies baissèrent les yeux. Kyle découvrait le présent de sa femme. Un ange tenant dans ses bras un bébé.

— Papa? De nouveau! s'exclama Aggie.

— Papa pour la seconde fois.

Puis, dans un discret bruissement d'ailes — inaudible pour les humains —, les deux amies s'élancèrent. Mission accomplie...

Le nouveau visage
de la collection Or

◆

AMOURS D'AUJOURD'HUI

Afin de mieux exprimer sa modernité et de vous séduire encore davantage, votre collection Or a changé de couverture et de nom depuis le 1er mars 1995.

Rassurez-vous, les romans, eux, ne changent pas, et vous pourrez retrouver dans la collection **Amours d'Aujourd'hui** tous vos auteurs préférés.

Comme chaque mois, en effet, vous y attendent des héros d'aujourd'hui, aux prises avec des passions fortes et des situations difficiles...

COLLECTION
AMOURS D'AUJOURD'HUI :
Quand l'amour guérit des blessures de la vie...

Chère lectrice,

Vous nous êtes fidèle depuis longtemps?
Vous venez de faire notre connaissance?

C'est pour votre plaisir que nous avons
imaginé un rendez-vous chaque mois
avec vos auteurs préférés, vos
AUTEURS VEDETTE dans les
collections Azur et Horizon.

Les AUTEURS VEDETTE vous
donneront rendez-vous pour de
nouveaux livres vedette.

Pour les reconnaître, cherchez
l'étoile... Elle vous guidera!

Éditions Harlequin

HARLEQUIN

LE FORUM DES LECTEURS ET LECTRICES

CHERS(ES) LECTEURS ET LECTRICES,

VOUS NOUS ETES FIDÈLES DEPUIS LONGTEMPS?

VOUS VENEZ DE FAIRE NOTRE CONNAISSANCE?

SI VOUS AVEZ DES COMMENTAIRES, DES CRITIQUES À
FORMULER, DES SUGGESTIONS À OFFRIR, N'HÉSITEZ
PAS… ÉCRIVEZ-NOUS À:

> LES ENTERPRISES HARLEQUIN LTÉE.
> 498 RUE ODILE
> FABREVILLE, LAVAL, QUÉBEC.
> H7R 5X1

C'EST AVEC VOS PRÉCIEUX COMMENTAIRES QUE NOUS
ALLONS POUVOIR MIEUX VOUS SERVIR.

DE PLUS, SI VOUS DÉSIREZ RECEVOIR UNE OU
PLUSIEURS DE VOS SÉRIES HARLEQUIN PRÉFÉRÉE(S)
À VOTRE DOMICILE, NE TARDEZ PAS À CONTACTER LE
SERVICE D'ABONNEMENT; EN APPELANT AU
(514) 875-4444 (RÉGION DE MONTRÉAL) OU 1-800-667-4444
(EXTÉRIEUR DE MONTRÉAL) OU TÉLÉCOPIEUR
(514) 523-4444 OU COURRIER ELECTRONIQUE:
AQCOURRIER@ABONNEMENT.QC.CA OU EN ÉCRIVANT À:

> ABONNEMENT QUÉBEC
> 525 RUE LOUIS-PASTEUR
> BOUCHERVILLE, QUÉBEC
> J4B 8E7

MERCI, À L'AVANCE, DE VOTRE COOPÉRATION.

BONNE LECTURE.

HARLEQUIN.

VOTRE PASSEPORT POUR LE MONDE DE L'AMOUR.

COLLECTION
HORIZON

Des histoires d'amour romantiques qui vous mènent au bout du monde!

Découvrez la passion et les vives émotions qu'apportent à la Collection Horizon des auteurs de renommée internationale!

Captivantes, voire irrésistibles, ces histoires d'amour vous iront assurément droit au coeur.

Surveillez nos quatre nouveaux titres chaque mois!

La COLLECTION AZUR

Offre une lecture rapide et

- stimulante
- poignante
- exotique
- contemporaine
- romantique
- passionnée
- sensationnelle!

COLLECTION AZUR ... des histoires
d'amour traditionnelles qui vous
mènent au bout du monde!
Six nouveaux titres chaque mois.

♉ ♊ ♋ ♌ ♍

69 **L'ASTROLOGIE EN DIRECT** ♒
TOUT AU LONG
DE L ANNÉE.

(France metropolitaine uniquement)
Par téléphone 08.36.68.41.01
0,34 € la minute (Serveur SCES1).

Composé sur le serveur d'EURONUMÉRIQUE, à MONTROUGE
PAR LES ÉDITIONS HARLEQUIN
Achevé d'imprimer en novembre 2001

BUSSIÈRE

GROUPE CPI

à Saint-Amand-Montrond (Cher)
Dépôt légal : décembre 2001
N° d'imprimeur : 15937 — N° d'éditeur : 9053

Imprimé en France